Solfried Rück
Weglaufen gilt nicht

SOLFRIED RÜCK

Weglaufen gilt nicht

Roman

Georg
Bitter
Verlag

CIP-Kurztitelaufnahme der Deutschen Bibliothek

Rück, Solfried:
Weglaufen gilt nicht / Solfried Rück.
Recklinghausen: Bitter, 1979

ISBN **3 7903 0257 0**

Herold-Verlag, Wien. ISBN 3 7008 0160 2

© 1979 Georg Bitter Verlag KG, Recklinghausen
Alle Rechte vorbehalten
Einbandgestaltung: Brigitte Smith
Gesetzt aus der Times
Satz, Druck und Einband: Ebner Ulm

ISBN **3 7903 0257 0**

1

Der Raum war voll mit jungen Menschen, die alle durcheinander- und alle gleichzeitig redeten.

»Für unser Abschiedsfest müssen wir uns einen besonderen Gag einfallen lassen«, verschaffte sich der lange schlaksige Peter mit seinem lauten tiefen Organ Gehör.

»Genau, etwas ganz Originelles«, kam die Antwort aus vielen Ecken.

Ja, aber was? Die Frage stand im Raum, obwohl keiner sie aussprach. Vierzehn junge Leute waren von ihrem Verein, in dem sie alle Tischtennis spielten, zu einem Trainingslehrgang geschickt worden, der übermorgen zu Ende gehen würde.

Das Abschlußfest sollte morgen abend stattfinden und einen Höhepunkt bilden, aber keiner wußte so recht, wie der aussehen sollte. Die meisten von ihnen waren das erstemal auf so einem Lehrgang.

»Wir könnten ja noch schnell ein Stück einstudieren . . .«, sagte Petra.

»Langweilig!« erwiderte jemand.

»Wie wär's mit einem Gedicht – so einer Art Song –, in dem wir uns und unseren Trainer auf die Schippe nehmen?« warf Karin ein.

»Und du dichtest das bis morgen abend?« fragte einer.

»Ich nicht«, erwiderte Karin beleidigt. »Aber Billa zum Beispiel, die kann so was doch. Die soll sich mal was überlegen. Schließlich hat sie auch unser Lied gemacht.«

Die Angesprochene warf den Kopf zurück und sagte nur: »Du hast ja 'nen Knall. In so kurzer Zeit soll ich so was auf die Beine bringen?! Das müßte doch was richtig Lustiges sein – da könnte ich ja eine Nachtschicht einlegen!«

»Das geht natürlich nicht«, entgegnete Ulrike bissig. »Deinen Schlaf brauchst du im Moment dringend für die Schule – sonst geht der Kelch diesmal nicht mehr an dir vorbei!«

»Der geht sowieso nicht an mir vorbei«, antwortete Billa mit verkniffenem Gesicht. »Und du kannst froh sein, daß es kein Versetzungszeugnis in blödem Gequatsche gibt. Sonst säßest du immer noch in der 1. Klasse!«

Alles lachte. Nur Angela, Billas Freundin, fragte leise im Gebrüll: »Woher bis du so sicher, daß du sitzenbleibst?«

»Das hab' ich im Urin«, grinste Billa, und auf ein mahnendes »Aber Billa!« setzte sie hinzu: »Entschuldige, mein süßer Anstandswauwau. Ich bin mir ja gar nicht sicher, aber soll ich das dieser dummen Kuh gegenüber zugeben?«

Ulrike und Billa waren erklärte Feindinnen, das war allgemein bekannt. Sie bombardierten sich den ganzen Tag mit Bissigkeiten und bösen Bemerkungen, und dieses Spiel war oft ein wahres Vergnügen für die Zuhörer.

Dabei waren die Sympathien der meisten eindeutig auf Billas Seite. Sie war ein hübsches Mädchen, das ebenso schnell mit dem Tischtennisschläger wie mit dem Mund war. Keiner kam gegen ihre Schlagfertigkeit an. Dabei war sie kameradschaftlich und versuchte nie, andere zu übervorteilen. Sie blieb immer fair.

Doch diese Fairneß interessierte die Tischtennisclique weniger. Sie schätzte vor allem Billas Redegewandtheit. Ihr Ideenreichtum war zudem unerschöpflich. »Billa vorneweg«, so hieß die Devise. Wo Billa war, gab es Spaß und Trubel, kam keine Langeweile auf.

Nur Angela wußte, daß Billa im Grunde ein feiner Kerl war, daß sie einen guten Kern hatte, nach dem aber nicht gefragt wurde. Lautstärke war Trumpf in der Clique, und danach richtete sich Billa oft, zumal sie es, in einer Art Dauerstreit mit ihrem Zwillingsbruder, auch zu Hause gewohnt war, sich durchzusetzen.

Wenn Billa und Angela beieinander waren, bedurfte es keiner Worte. Sie verstanden sich auch so.

»Also, was machen wir, Billa?« fragte Peter.

»Ich würde die Sache auf uns zukommen lassen«, antwortete diese. »Wozu brauchen wir unbedingt ein Programm? Es wird sich schon alles finden, oder was meint ihr?«
Alle nickten, und damit war die Sache entschieden.

Am Morgen nach dem Abschiedsabend war großes Packen. Müde und ziemlich erschlagen von dem auch ohne Programm gelungenen Abschiedsfest, muffelte jeder vor sich hin. Angela und Billa standen beide vor dem Fenster.
»Schade, daß es schon vorbei ist!« seufzte Angela.
»Ja, es ist schade«, bestätigte Billa. »Jetzt fängt die Schule wieder an mit ihren Plagen.«
Dann sagten sie kein Wort mehr. Beide dachten dasselbe. Die Sommerferien rückten näher, und das hatte für die beiden unterschiedliche Wirkungen. Angela war der Primus der Klasse und hatte nichts zu befürchten. Billa aber drohte das Schreckgespenst des Sitzenbleibens.
»Los, ihr beiden Heulsusen!« schrie Peter. »Ein letztes Mal wollen wir diese heiligen Hallen mit unserem Lied erschüttern!«
Billa war sofort dabei. Sie stimmte das Lied an, das sie selbst zur Melodie eines Beatles-Songs gedichtet hatte.
Nur Angela blieb stumm inmitten des Geplärrs. Sie dachte: »Wenn Billa nur ein einziges Mal nein sagen könnte!«

2

Zweite Stunde Mathe. Billa war damit beschäftigt, möglichst unauffällig die Briefchen zu studieren, die Angela ihr unter der Bank zuschob.

»Freust du dich auf heute abend?«

Als Antwort strahlte Billa ihre Freundin nur an.

»Gehst du morgen zum Tischtennisspielen?« las sie weiter.

»Weiß noch nicht«, schrieb sie zurück. »Patrick macht Schwierigkeiten. Er hat seine Gäste für 15 Uhr eingeladen.«

»Aber deine Gäste kommen doch alle erst später!«

»Du kennst doch meine Eltern«, antwortete Billa. »Sie verlangen, daß ich zu Hause bin, wenn Patricks Freunde kommen.«

»Verständlich, aber trotzdem schade«, schrieb Angela.

Das war es wirklich. Patrick war Billas Zwillingsbruder, und sie standen sich wie Hund und Katze gegenüber. Morgen war ihr 14. Geburtstag, den sie gemeinsam feiern mußten. »Mußten« im wahrsten Sinne des Wortes. Ihre Eltern waren der Meinung, daß Zwillingsgeschwister, mochten sie sich auch noch so schlecht verstehen, zumindest ihren Geburtstag gemeinsam feiern konnten. Das führte dazu, daß Patrick und Billa alles unternahmen, um einander gerade an diesem Tage zu ärgern und einander auszutricksen. Patrick, der genau wußte, daß an diesem Sonntag ein Freundschaftsturnier von Billas Tischtennisverein geplant war, hatte seine Gäste für 15 Uhr eingeladen. Billa blieben zwei Möglichkeiten: zum Turnier zu gehen und mit ihren Eltern Krach zu kriegen oder um des lieben Friedens willen zu verzichten.

Sie wußte, daß ihr nur die letzte Möglichkeit blieb, zumal am heutigen Samstag auch noch das jährlich stattfindende große Ereignis des Tischtennisclubs, der Saisonball, stattfand, der bei ihnen zu Hause schon Wirbel genug verursacht hatte.

»Na, Billa«, unterbrach die Ebert, ihres Zeichens Mathelehrerin, die Gedanken des Mädchens. O je, sie hatte ganz vergessen, daß sie in der Schule war und mitten im Unterricht saß.

»Ich weiß, daß heute Samstag ist, du obendrein morgen Geburtstag hast und deine Gedanken bereits bei den

Geschenken sein dürften – aber bitte, laß wenigstens Angela aufpassen!«

Billas Gesicht nahm einen grimmigen Ausdruck an, nur schlecht konnte sie ihren jäh aufkeimenden Zorn unterdrükken. Als wenn Angela jemals nicht aufpassen würde, auch wenn sie Hunderte von Zettelchen schrieb! Wortlos zuckte Billa mit den Achseln, eine Frechheit ohnegleichen, deren sie sich bewußt war. Das war ihr aber vollkommen gleichgültig. Sie verachtete die Lehrerin.

Mittlerweile waren es nur noch vier Wochen vor dem Zeugnis – Billas Schicksal schien besiegelt, mit größter Wahrscheinlichkeit würde sie sitzenbleiben. Nur ein Wunder konnte sie noch retten, und an das glaubte sie nicht mehr.

Billa war es ganz egal, was mit ihr passieren würde. Sollte sie sitzenbleiben – na ja, ein weiteres Jahr in der gleichen Klasse würde eine Menge freie Zeit fürs Tischtennisspielen einbringen.

Ihre Freundin Angela beneidete Billa sehr. Sie war klein und schmal, mit kurzen, blonden Haaren und einem zarten, blassen Gesicht. Nie kam jemand auf die Idee, sie anders als nett zu finden. Die Lehrer mochten sie als erstklassige Schülerin, die zwar energisch, aber niemals vorlaut oder frech war. Für die Klassenkameraden war sie ein prima Kerl. Sie hatte immer alle Hausaufgaben, ließ jeden abschreiben und war niemals ungeduldig, böse oder beleidigt.

Nebenbei war sie eine gute Tischtennisspielerin, das einzige, was Billa und Angela außer ihrer Freundschaft gemeinsam hatten.

Angela wollte Abitur machen und studieren, das war schon fest beschlossen. Billa war es egal, was einmal aus ihr werden würde. Sie war ohne jegliche Zukunftspläne.

Angela hatte oft versucht, sie vom Wert des Lernens zu überzeugen, aber Billa kapierte bis heute nicht, was diese Ochserei eigentlich einbringen sollte.

Ihre Freundschaft wurde auch durch die unterschiedlichen Schulleistungen nicht getrübt, und Billa hatte keine Angst, Angela zu verlieren, wenn sie einmal in verschiedenen Klassen wären.

Billas Betrachtungen wurden durch das Klingeln, das den Unterrichtsschluß anzeigte, gestört. Gemeinsam liefen die beiden Mädchen nach Hause. Angelas Vater war bei einem Verkehrsunfall vor fünf Jahren ums Leben gekommen – seitdem aß sie immer bei Paulsens, Billas Familie, zu Mittag, denn ihre Mutter war ganztags berufstätig.

»Mensch, war die Ebert vorhin wütend, obwohl sie keinen Ton gesagt hat«, bemerkte Angela.

»Ist mir doch egal!« Billa zuckte mit den Achseln.

»Meinst du nicht, daß vielleicht noch jemand ein gutes Wort für dich einlegen würde, wenn du dich entsprechend benähmest?«

»Das sagst ausgerechnet du?!« erwiderte Billa aufgebracht. »Soll ich heulen und winseln, zu Kreuze kriechen und um Gnade betteln?«

»Sei doch nicht kindisch. Ich meine ja nur, wenn man deinen guten Willen sähe, aufmerksamer und fleißiger zu sein, würde jeder ein Auge zudrücken. Schließlich mögen dich alle ganz gut leiden, außer der Ebert vielleicht. Und so erstrebenswert ist das Sitzenbleiben ja nun auch wieder nicht!«

»Mir ist es egal! Ich bin momentan ganz froh, daß ich endlich einmal in der Situation bin, allen zu zeigen, was ich von ihnen halte. Die Ebert mochte ich noch nie leiden, ich hasse sie beinahe – sie mich auch. Nur aus Angst vor schlechten Noten ist man freundlich und lieb und sagt nie, was man denkt. Das hat jetzt ein Ende! Ich will sitzenbleiben, damit ich endlich einmal sagen und machen kann, was mir Spaß bringt, und wenn es nur für vier Wochen ist!«

Das letzte, was Billa gesagt hatte, stimmte zwar nicht ganz – sie wollte nicht sitzenbleiben. Aber das andere war wahr. Die

Verlogenheit in der Schule ödete sie an. Einem Menschen wie Angela, die von Natur aus immer sanft und freundlich, ohne Argwohn und hilfsbereit war, fiel so was natürlich nicht auf.

»Schau dir nur die Ebert an«, fuhr Billa fort. »Es ist allgemein bekannt, daß sie nur in den unteren Klassen unterrichten darf, weil sie für die älteren Schüler nicht mehr tragbar ist. – Was soll das? Wir sind freundlich und akzeptieren sogar Dinge, die vielleicht falsch sind. Warum? Aus Angst, zur Strafe eine schlechte Note zu bekommen. Ist das richtig?«

»Nein, vielleicht nicht richtig«, bemerkte Angela ruhig, »aber sicher auch nicht zu ändern. Sie hat eben eine gewisse Autoritätsstellung, und das muß man nun mal tolerieren. Das ist überall so, nicht nur in der Schule!«

»Tolerieren!« Billa schnaufte. »Du tolerierst es, weil du eben so bist, von Natur aus. Du tolerierst alles, was einigermaßen o.k. ist, und versuchst immer, alles von zwei Seiten anzusehen. Aber das ist eine Ausnahme. Alle anderen tolerieren nur aus Angst, schlechte Noten zu bekommen.«

Sie waren mittlerweile zu Hause angekommen.

»Red jetzt nicht mehr von dem Thema«, warnte Angela, »sonst ist der Krach wieder perfekt und die ganze Vorgeburtstagsstimmung futsch.«

»Geburtstagsstimmung!« Billa schnaubte verächtlich. »Die ist sowieso futsch! Tischtennis fällt aus, weil mein lieber Bruder seine Gäste für 15 Uhr einlädt, um mich zu ärgern. Und weil er zufällig auch noch mein Zwillingsbruder ist, muß ich daheimbleiben und auf das verzichten, was mir am liebsten ist. Wessen Autorität habe ich das zu verdanken?«

»Der deiner Eltern! Deine Eltern wollen, daß ihre Kinder gemeinsam Geburtstag feiern, auch wenn sie sich nicht verstehen. Ihnen zuliebe mußt du eben einen Tag im Jahr auf das Spielen verzichten.«

»Ja, aber welcher Tag ist das?« sagte Billa. »Mein Geburtstag! Ausgerechnet an meinem sogenannten Ehrentag muß ich auf meine Lieblingsbeschäftigung verzichten!«

»Meinetwegen kannst du gern zu deinem Turnier gehen«, warf Patrick ein, der im selben Moment dazugekommen war und den letzten Satz gehört hatte.

»Jetzt fang du nicht auch noch an«, erwiderte Angela fuchsig.

»Ich versuche, Billa zu erklären, daß euren Eltern viel daran liegt, daß ihr beide den gemeinsamen Geburtstag auch gemeinsam feiert. Könnt ihr nicht versuchen, wenigstens an diesem einen Tag nett zueinander zu sein?«

»Widerlicher Streber!« sagte Billa.

»Niete!« Das war Patrick.

»Hört doch endlich auf!« Das kam von Angela.

Damit gingen sie auseinander.

3

Nach dem Mittagessen begannen die Mädchen bereits, sich für den Abend vorzubereiten. Jetzt konnte nichts mehr, kein stänkernder Patrick, keine Schule, Billas Vorfreude trüben.

In tagelangen Betteleien hatte sie eine weiße Spitzenbluse zu ihrem langen Rock herausgeschunden. »Ein kleiner Vorgeschmack auf deinen Geburtstag«, hatte ihr Vater gesagt.

Billa lachte leise vor sich hin. Komisch, daß Eltern vor sich und ihren Kindern immer eine Entschuldigung brauchen, wenn sie sich, wie in diesem Fall, zu einem größeren Geschenk außerhalb der üblichen Feiertage wie Geburtstag und Weihnachten überreden ließen.

Sie hätte die Bluse bestimmt bekommen, auch wenn nicht zufällig ihr Geburtstag vor der Tür stehen würde. Schließlich war niemand stolzer als ihre Eltern, wenn sie hübsch aussah und auf dem heutigen Ball eine gute Figur machen würde.

Und die machte sie. Von Anfang an war ihre Stimmung auf dem Höhepunkt. An Verehrern fehlte es nicht, und Billa ließ keinen Tanz aus.

Gegen Mitternacht fand die Wahl der Ballprinzessin statt, und Billa wurde übereinstimmend zur Miß TVV – zur Ballprinzessin des Tischtennis- und Volleyballvereins – gewählt.

Sie war in ihrem Element, heute abend wurde sie für alle Demütigungen in der Schule entschädigt. Sie war stolz und ausgelassen wie nie zuvor und hätte am liebsten die ganze Nacht durchgefeiert.

Aber Angela drängte zum Aufbruch. »Wir haben es deinen Eltern versprochen, und es ist spät genug«, sagte sie mahnend, nachdem Billa den Abschied immer und immer wieder hinausgeschoben hatte.

»Daß du dein elendes Verantwortungsbewußtsein niemals zu Hause lassen kannst«, entgegnete Billa böse. »Die schlafen doch längst und merken gar nicht, wenn wir nach Hause kommen!«

»Die schlafen bestimmt nicht«, erwiderte Angela hartnäckig. »Schließlich ist heute dein Geburtstag. Und selbst wenn sie es täten – es ist nach 1 Uhr. Wir haben diese Zeit ausgemacht und müssen uns daran halten.«

»Manchmal erinnerst du mich an Patrick mit deinem verdammten Pflichtgefühl«, seufzte Billa. »Also gut, dieses ist mein wirklich allerletzter Tanz. Du kannst ja schon mal die Mäntel holen.«

Damit war dieser sehnsüchtig erwartete Abend vorbei.

Am nächsten Morgen fiel es den beiden Nachtschwärmern schwer, aufzustehen. Besonders Billa hatte einen Brummschädel und hätte gern die Zeit bis zum Mittagessen verschlafen, aber die drängende Angela und ihre Angst, etwas Wichtiges zu versäumen, trieben sie schließlich doch aus dem Bett.

»Sag mal«, fragte sie verschlafen ihre Freundin, während sie versuchte, ihren brummenden Kopf mit kaltem Wasser zu kühlen, »habe ich heute nacht irgend etwas getrunken, an das ich mich nicht mehr erinnern kann?«

»Nicht daß ich wüßte«, antwortete Angela. »Bloß Cola und Fanta.«

»Das verstehe ich nicht«, sagte Billa. »Ich habe einen Brummschädel – so stelle ich mir einen Kater vor.«

»Trink anständig Kaffee – dann wird's dir besser gehen«, tröstete Angela.

»Bist du denn ganz o.k.?« fragte Billa seufzend.

»Ja!«

»Dann habe ich auch o.k. zu sein«, seufzte Billa wieder. »Kein Wort zu den Eltern und zu Patrick, verstanden? Sonst kriege ich demnächst noch Ausgehverbot.«

Während des Frühstücks und danach vergaß Billa denn auch ihre Beschwerden. Die Zwillinge bekamen ihre Geschenke und stritten sich unaufhörlich. Als die Party begann, saßen sie miteinander im Garten. Allerdings – in der einen Ecke saß Patrick mit einigen Freunden; sie diskutierten irgendein schulisches Problem. Sofort nach den üblichen Begrüßungen und Gratulationen hatten sie sich in die letzte Ecke verzogen, um zu demonstrieren, daß sie mit der Billa-Clique nichts zu tun haben wollten.

In deren Runde ging es erheblich lauter zu. Aus der Klasse waren allein fünf Mädchen gekommen, aus dem Tischtennisverein kamen noch etliche dazu. Sie quatschten und tanzten, hatten den Kassettenrecorder auf volle Lautstärke gestellt, was Billa ab und an einen bösen Blick von Patrick eintrug, den sie geflissentlich übersah. Später holte ein Junge seine Gitarre, sie sangen alte Beatles-Songs.

Und bei alledem gab es zu essen und zu trinken. Erst Kaffee, dann Kartoffelsalat und Würstchen – später Bowle. Billa hörte bei ihrer zehnten Wurst und dem fünften Glas Bowle auf zu zählen. Trotz Patrick und seinen Spielverderberfreunden, die sich inzwischen heimlich in sein Zimmer verzogen hatten, war es ein klasse Geburtstag.

4

Doch am Tage nach diesen beiden Festen war Billa krank. Ihr war übel, sie mußte sich ständig übergeben, zudem hatte sie rasende Kopfschmerzen und konnte kaum auf den Beinen stehen.

Patrick, ganz liebevoller Bruder, kam, eine Sensation witternd, ins Zimmer gestürzt und bemerkte nach einem verächtlichen Blick auf seine Schwester: »Erstens ist das kein Wunder bei dem Bratwurstkonsum von gestern – ich habe allein acht Bratwürste gezählt, es mögen wahrscheinlich mehr gewesen sein . . .«

»Zehn waren es mindestens«, warf Billa kläglich ein.

»Zweitens«, fuhr er, zu seiner Mutter gewandt und vollkommen unbeirrt fort, »schreiben sie heute eine Bioarbeit, wenn ich recht informiert bin. Und wie ich meine liebe Schwester kenne, hat sie sicher mal wieder von Tuten und Blasen keine Ahnung.«

»Du bist gemein, Patrick«, sagte seine Mutter. »Du willst doch nicht etwa behaupten, Billa habe sich in voller Absicht den Magen verdorben, um die Arbeit nicht schreiben zu müssen?«

»Zu verdenken wär's ihr nicht«, antwortete er aufreizend. »Manchmal kann einem so eine kleine Magenverstimmung ganz gelegen kommen, oder findest du nicht, Billa?«

Unter normalen Umständen hätte Billa mit irgendeinem Gegenstand nach ihm geworfen, aber sie war viel zu müde, um auch nur zu protestieren. Sollte er reden, was er wollte. Billa sehnte sich nur nach Ruhe und Schlaf.

Das Ergebnis war, daß Patrick ganz sanft wurde und plötzlich sogar brüderliche Züge zeigte. »Na ja, ich werde dich auf jeden Fall mal in der Schule entschuldigen«, lenkte er ein. »Und gute Besserung wünsche ich dir.«

Billa war allein, hörte die Mutter in der Küche hantieren, verfluchte Bratwürste und Bowle und erbrach deren Überreste in einen Eimer, den ihre Mutter vorsorglich neben das Bett gestellt hatte. Später schlief sie ein.

Als Angela mittags kam, ging es ein bißchen besser, aber Billa hatte gar keine rechte Lust, mit ihr zu reden oder irgendwelche Neuigkeiten aus der Schule zu erfahren. Sie hielt die Augen geschlossen und döste immer wieder ein. Im Unterbewußtsein nahm sie wahr, daß Angela immer noch da war, am Tisch saß und Aufgaben machte. Ab und zu kam ihre Mutter, gab ihr zu trinken – sie hatte furchtbaren Durst.

Später kam der Hausarzt – Billa wußte nicht warum (wegen einer kleinen Magenverstimmung?!) –, und plötzlich wurde alles ganz furchtbar hektisch.

Die Stimme ihres Vaters weckte sie auf. »Billa!«

»Mhm.«

»Billa! Kannst du aufstehen?«

»Aufstehen?!« Sie war fassungslos. Warum sollte sie aufstehen? Sie war müde, sie wollte schlafen.

»Ich bin so müde!«

»Billa!« hörte sie die eindringliche Stimme ihres Vaters. »Du mußt aufstehen, wir wollen mit dir in die Klinik fahren!«

Klinik, dachte sie. Warum Klinik, was heißt Klinik? Das verstand sie nicht, aber sie stand auf.

»Dr. Brunner meint, wir sollten mit dir in ein Krankenhaus fahren – es wäre vielleicht doch etwas mehr als eine einfache Magenverstimmung, verstehst du?«

Billa verstand nicht, aber es war ihr auch egal. Willenlos trottete sie neben dem Vater her.

»Name?«

»Billa Paulsen.«

»Wohnort?«

». . .«

»Geboren?«

». . .«

Ruhig beantwortete Billas Vater die Fragen der Schwester. Die saß mit einem abweisenden Gesicht da, die Finger auf der Schreibmaschine. Ab und zu schaute sie Herrn Paulsen prüfend an – Billa glaubte, sie habe sie noch gar nicht bemerkt. Dabei war sie es doch, die krank war, das schien dieser Schwester überhaupt nicht klar zu sein.

Sollte sie es ihr sagen? Aber Billa blieb still und stierte nur vor sich hin. Angela hielt ihre Hand und drückte sie manchmal, als wenn sie Trost spenden wolle.

Doch Billa war nur müde – entsetzlich müde sogar. Nach einem Bett sehnte sie sich und nach etwas zu trinken. Oder vielleicht doch nichts zu trinken, sonst würde sie sich wieder übergeben müssen?

Nur ein Bett und schlafen, schlafen, schlafen.

Ihr wurde schlecht.

»Mir ist übel«, flüsterte sie.

Blitzschnell reichte die Schwester ihr eine Schale herüber.

Wo hat die die bloß so schnell her, dachte Billa und übergab sich. Oh, war ihr das peinlich. ›Entschuldigung‹ wollte sie flüstern, aber es war nur ein Krächzen. Ihr Mund war so ausgetrocknet, und alles klebte aneinander.

Plötzlich lag sie auf einem Bett und wurde irgendwohin geschoben. Jemand weinte. War das Angela? Aber wieso war sie so weiß angezogen? Alle waren weiß angezogen, die um sie herum standen.

Sie spürte einen Schmerz in ihrem Arm. War es der rechte? Wo war denn der rechte Arm? Sie wollte ihn auf die andere Seite legen, aber er wurde festgehalten.

Billa schrie, weil sie Angst hatte, und zerrte an ihrem Arm.
Was war denn bloß los?
Dann spürte sie gar nichts mehr.

Billa war wach, lag in einem fremden Bett, in einem Zimmer, das sie nicht kannte. Alles war weiß, und sie hatte sofort wieder entsetzliche Angst. Ihr rechter Arm lag auf einer Schiene, sie wollte ihn hochheben – aber er war angebunden. In dem Arm steckte eine Nadel, über Billas Kopf hing eine Flasche, aus der in regelmäßigen Abständen Tropfen einer Flüssigkeit durch einen Schlauch in die Nadel und damit in den Arm tropften.
Neben dem Bett saß eine Schwester, klein, mit fettigen Haaren.
Billa schaute sich irritiert im Zimmer um. »Wo bin ich?« hörte sie sich mit zittriger Stimme fragen.
Die Schwester sah kurz auf und zu Billa hinüber, und vor diesem unwilligen Blick fürchtete sich das Mädchen. Gleichzeitig fiel ihr aber auch alles wieder ein, die gelungene Geburtstagsparty – der folgende Tag – die Fahrt ins Krankenhaus.
Doch danach hörte die Erinnerung auf. Was dann gewesen war, konnte Billa sich beim besten Willen nicht ins Gedächtnis zurückrufen.
Was war passiert? Warum konnte sie sich nicht mehr daran erinnern, wie sie in dieses Bett gekommen war? Wo waren der Vater und Angela jetzt? Wie spät mochte es überhaupt sein?
Fragen über Fragen, die Billa für sich behielt. Denn der Anblick und die Reaktion der Schwester ermutigten sie in keiner Weise, noch einmal zu fragen. Tränen liefen ihr übers Gesicht. Warum war der Arm angebunden? Was sollte diese Flasche über ihrem Bett?
Sie war todunglücklich. Ihr war flau im Magen, aber es war nicht nur die bereits bekannte Übelkeit. Sie war unsicher und

kannte sich selbst nicht wieder. Warum schrie sie dieser fremden Schwester nicht einfach alle Fragen ins Gesicht, die sie bedrängten? Wo war ihr berühmtes großes Mundwerk, ihre Frechheit? Warum riß sie sich nicht einfach diese komische kleine Nadel aus dem Arm und rannte davon? Was bedeutete das erstaunte, abweisende Verhalten dieser Schwester, die sie heimlich beobachtete?

Billa mußte erneut eingeschlafen sein. Sie erwachte davon, daß jemand ihren Namen rief. Ihr erster Gedanke galt der fettglänzenden Aufpasserin an ihrem Bett – aber die war fort. Statt ihrer stand dort eine andere Schwester – auch weiß gekleidet. Aber diese hatte ein junges Gesicht und ein offenes, freundliches Lächeln. Sie gefiel Billa auf den ersten Blick. »Ich bin Schwester Annemarie«, sagte eine ruhige, Vertrauen einflößende Stimme. »Wie fühlst du dich?«

»Mies«, antwortete Billa und lachte befreit dabei. Alle Angst war mit einem Schlag von ihr gewichen. »Sehr mies«, bekräftigte sie noch einmal. »Aber ich glaube, das liegt weniger daran, daß mir übel ist. Ich weiß nicht, wie ich in dieses Bett gekommen bin, was die Flasche über meinem Kopf soll. Überhaupt kann ich mich an alles nur noch undeutlich oder gar nicht erinnern. Was ist denn bloß passiert?«

»Ich bin auch gerade erst gekommen«, lachte Schwester Annemarie. »Aber die Nachtschwester hat gesagt, daß du ohnmächtig wurdest und später beim Anlegen des Tropfes so getobt hättest, daß sie dich keine Sekunde ohne Aufsicht lassen konnten. Doch das ist nicht schlimm«, setzte sie hinzu, als sie Billas erschrockenes Gesicht sah. »Du brauchst deswegen kein schlechtes Gewissen zu haben. Du wußtest ja nicht, was du tatest!«

»Darum«, murmelte Billa und dachte, daß die mißtrauischen Blicke der Nachtschwester doch nicht so unbegründet gewesen waren. Laut fragte sie: »Was ist denn das – ein Tropf?«

»Das ist die Flasche über deinem Kopf«, erklärte Schwester Annemarie. »Sie leitet eine durch das Tropfsystem genau abgemessene Flüssigkeit in deine Vene und damit auch in deinen Körper. Wahrscheinlich wirst du die Infusion ein paar Tage behalten müssen.«

»Warum?« fragte Billa. »Ich habe Durst – warum darf ich nicht trinken?«

»Natürlich darfst du auch trinken, aber ganz langsam und immer nur schluckweise, da du sonst wahrscheinlich wieder brechen würdest.«

»Das verstehe ich nicht«, sagte Billa mehr zu sich selbst als zu der Schwester. »Ich dachte, ich hätte mir den Magen verdorben, als mir plötzlich schlecht war. Jetzt liege ich sogar im Krankenhaus – das kann doch nicht an den zehn Bratwürsten vom Geburtstag liegen, oder?«

Schwester Annemarie lachte. »Nein, sicher nicht!«

»Aber was tue ich dann hier?« beharrte Billa. »Warum bin ich nicht zu Hause, trinke Pfefferminztee und kann morgen wieder aufstehen?«

»Weil manchmal eine Magenverstimmung Anzeichen für eine ernsthaftere Erkrankung sein kann«, antwortete Schwester Annemarie.

»Und das ist bei mir der Fall?«

»Vielleicht«, erwiderte die Schwester vorsichtig. »Das versuchen wir im Moment gerade zu klären. Wenn wir es definitiv wissen, wirst auch du es erfahren. Einverstanden?«

»Einverstanden!« sagte Billa befriedigt.

5

Als Schwester Annemarie gegangen war, lächelte Billa vor sich hin. Was taten sie doch alle so furchtbar wichtig in diesem Krankenhaus? Was machte es ihr denn aus, hier zu liegen. Schließlich war sie kein kleines Mädchen mehr, dem man schonend beibringen muß, daß es ein paar Nächte in einem fremden Bett schlafen soll.

Als Schwester Annemarie gegen Mittag wiederkam, lächelte Billa wieder. Doch die Schwester war trotz aller Freundlichkeit sehr ernst. Sie nahm sich einen Stuhl, setzte sich an Billas Bett und begann langsam zu sprechen. »Was ich dir erzähle, Billa«, sagte sie, »wird dir vielleicht schon bekannt sein. – Weißt du, jeder Mensch hat im Blut einen bestimmten Zuckergehalt – man spricht von Blutzucker. Es gibt nun Menschen, bei denen der Zuckergehalt höher ist, als er sein sollte, und das nennt man dann ›Zuckerkrankheit‹. Diese Krankheit erkennt man meist daran, daß der Betreffende starken Durst hat und daß ihm schlecht ist – genau wie es bei dir war. Und die Infusion soll zusammen mit anderen Medikamenten den Blutzucker wieder normalisieren.«

»Aha«, sagte Billa. »Das ist einleuchtend. Das habe ich verstanden. Wenn der Blutzucker wieder normal ist, bin ich gesund.«

»So einfach ist es nun wieder nicht«, antwortete Schwester Annemarie. »Leider wird der Blutzucker von allein nie mehr normal – man muß da immer ein bißchen nachhelfen.«

»Inwiefern nachhelfen?«

»Der Blutzucker wird von einem Stoff reguliert, den man Insulin nennt und den der Körper produziert, genauer gesagt die Bauchspeicheldrüse. Das ist ein Organ wie der Magen oder das Herz. Wird nicht genügend Insulin gebildet, so muß man es dem Körper eben von außen zuführen.«

Billa nickte. »In Form von Tabletten!«

»Leider kann man das nicht immer, zumindest nicht bei Kindern. Das geschieht durch Spritzen.«

»Und wie soll das geschehen?«

»Indem du lernst, dir selbst Spritzen zu geben – in den Muskel macht man das. Du mußt dich jeden Tag spritzen, das ist eine reine Gewohnheitssache, gar nicht tragisch. Und diese Insulinspritzen bewirken gemeinsam mit einer genau errechneten Diät, daß du normale Blutzuckerwerte behältst.«

Billa hörte, was Schwester Annemarie sagte und verstand es auch. Aber glauben konnte sie es nicht. Das konnte doch nicht sein, daß ein Mensch sich täglich selbst eine Spritze gab. Darüber wollte sie erst einmal mit ihrem Vater sprechen, der würde alles aufklären.

Abends war Billa gutgelaunt und fröhlich. Ihr war nicht mehr übel, sie hatte inzwischen Tee bekommen – er schmeckte nicht gut, aber er löschte den Durst. An die Infusion hatte sie sich fast gewöhnt. Sie war nicht angenehm, aber was sollte sie machen?

Ihre Angst war nun einer großen Neugierde gewichen. Alles schien unwahrscheinlich interessant, wenn Billa es auch nicht verstand. Sie hatte den Stationsarzt kennengelernt. Er war jung und sah gut aus.

Schwester Annemarie war die Stationsschwester, also die Chefin aller Schwestern – das war erstaunlich. Eine Stationsschwester war für Billa bis dahin immer eine alte verknöcherte Jungfer gewesen, die nur schrie und Befehle gab. Schwester Annemarie dagegen war ruhig und freundlich und sah obendrein noch nett aus. Sie gefiel ihr wirklich gut.

Nachmittags war Visite gewesen, ein anscheinend wichtiger Bestandteil des Kliniklebens; eine Art Konferenz am Krankenbett, die alle furchtbar wichtig nahmen. Sie hatten über Billa gesprochen, sie schnappte die Begriffe Insulin und Diät auf und hörte, daß sie einen Diabetes hatte. Anscheinend war das der medizinische Ausdruck für die Krankheit, von der Schwester Annemarie gesprochen hatte.

Nun ja, Billa nahm sich fest vor, ihre Eltern nach Einzelheiten zu fragen, wenn sie kamen.

Und dann waren sie da. Mutti mit dem geliebten Radio unter dem Arm – zu Billas Ablenkung, wie sie sagte – und beide mit betrübten Gesichtern.

»Vielen Dank für das Radio«, sagte Billa fröhlich. »Ich kann's gut gebrauchen, denn mit der Zeit wird es wahrscheinlich schon langweilig werden. Aber lange muß ich bestimmt nicht hierbleiben, mir geht's schon wieder prima.

Habt ihr Schwester Annemarie schon kennengelernt? Sie ist hier Stationsschwester – furchtbar nett und noch ziemlich jung.«

Billas Vater war sehr ernst. »Wir haben eben mit ihr gesprochen«, sagte er. »Ziemlich lange und ausführlich sogar.«

»Oh«, flachste Billa, »sie gefällt dir wohl auch gut? Hättest du gedacht, daß eine Stationsschwester so jung sein kann?« Und zu ihrer Mutter gewandt, fuhr sie fort: »Mutti, paß bloß auf Papa auf. Wir wollen ihn doch nicht verlieren!«

Aber beide gingen nicht auf ihren Scherz ein.

»Schwester Annemarie hat uns gesagt, daß sie mit dir bereits gesprochen habe. Sie hat versucht, dir zu erklären, warum du krank bist, meinte aber, sie habe den Eindruck, daß du ihr nicht glaubtest!«

»Oh, ich habe sie schon verstanden«, meinte Billa. »Nur kann ich nicht glauben, was sie vom täglichen Spritzen erzählt. Wie kann ein Mensch sich jeden Tag selbst Spritzen geben?«

»Sie hat es uns auch noch einmal erklärt«, sagte Herr Paulsen. »Du wirst von jetzt an täglich Spritzen brauchen, am Anfang wahrscheinlich sogar dreimal täglich – morgens, mittags und abends –, später zweimal, dann schließlich nur einmal am Tag. Anfangs wird das Spritzen die Schwester übernehmen, später wirst du es selbst lernen müssen. Außerdem mußt du von jetzt

23

an Diät leben – ein genau festgelegtes Essen zu bestimmten Zeiten. Keine Süßigkeiten! Du wirst ständige Kontrollen deines Blutzuckers in Kauf nehmen müssen, und mit jeder vergessenen oder falsch gegebenen Spritze und jedem ungeeigneten Essen einen neuen Klinikaufenthalt oder Schlimmeres riskieren!«

»Das darf doch nicht wahr sein«, flüsterte Billa. »Wie lange muß ich das so machen?«

»Immer!«

»Immer?! Und woher kommt das?«

Herr und Frau Paulsen zuckten wortlos mit den Achseln.

»Das ist ja furchbar«, flüsterte Billa heiser. »Ich kann nicht essen, was die anderen essen. Ich muß mich spritzen – da werden doch alle lachen!«

»Nun, lachen werden sie kaum, aber immerhin ist das ein Problem«, sagte Herr Paulsen. »Schwester Annemarie meinte, es sei eine große Umstellung für alle Beteiligten. Doch wenn man sich daran gewöhnt habe . . . «

Billas Vater erklärte weiter, aber Billa hörte gar nicht mehr zu. Sie wurde sich darüber klar, daß alles, was sie bisher von Schwester Annemarie über ihre Krankheit gehört hatte, durchaus richtig gewesen war. Sie, Billa, hatte es nur nicht glauben können. Dreimal spritzen, Diät leben, ständige Blutzuckerkontrollen, keine Süßigkeiten mehr, wahrscheinlich auch keine Cola! So gingen die Gedanken durch Billas Kopf. Sie schaute ihre Mutter an, die etwas unglücklich auf ihren Mann starrte. Mutters Gesicht war ganz fleckig, sicher hatte sie vorhin bei dem Gespräch mit Schwester Annemarie geweint. Als Billa das sah, begannen auch ihre Tränen zu fließen. Sie schluchzte und stotterte zusammenhangloses und unverständliches Zeug. Frau Paulsen stand auf und nahm ihre Tochter vorsichtig in den Arm. Fest umschlungen weinten Billa und ihre Mutter nun gemeinsam.

Herr Paulsen jedoch ging aus dem Zimmer und ließ die beiden

allein. Was sollte er auch anderes tun? Sollten sie heulen, dachte er. Auch er mußte verzweifelt gegen das Gefühl der Machtlosigkeit kämpfen, dem sie alle drei ausgeliefert waren.

Als er nach einer ganzen Weile wieder ins Zimmer zurückkam, konnten Billa und ihre Mutter bereits wieder miteinander sprechen. Billa lächelte ihrem Vater unter Tränen zu.

»Alles wieder o.k., Vater«, sagte sie mit fester Stimme.

»Und lassen wir uns unterkriegen?« fragte er.

»Mutti und ich haben beschlossen, uns nicht unterkriegen zu lassen«, antwortete sie und schickte wie zur Bestätigung noch schnell einen Schluchzer hinterher. »Auch wenn wir bloß Weiber sind, die immer gleich heulen müssen, wenn irgendwas sie umschmeißt . . . «

». . . würde Patrick sagen«, ergänzte ihre Mutter erleichtert.

6

Nach vier Tagen bekam Billa keine Infusion mehr. Sie hatte zuerst nur Haferschleim essen dürfen – etwas, das sie zutiefst verabscheute und das sie mit abgewandtem Gesicht hinunterwürgte. Den Haferschleim bekam sie zwei Tage. Dann gab es Zwieback, den Billa ebensowenig mochte.

Nun erhielt sie einen Diätplan – sechs Mahlzeiten über den Tag verteilt. Die Mahlzeiten bestanden aus genau festgelegten Mengen von Speisen, die zu ebenso genau festgelegten Zeiten einzunehmen waren. An diesen Plan mußte sich Billa jetzt halten.

Gleichzeitig lernte sie, das Insulin in eine Spritze zu ziehen und ins Bein zu spritzen. In den Oberschenkel – nicht zu tief ins Fleisch, aber auch nicht direkt unter die Haut. Dreimal am

Tag mußte sie das tun, immer vor den Hauptmahlzeiten. Schwester Annemarie bemühte sich persönlich darum, Billa anzulernen und ihr alles zu erklären. »Die Insulinmengen und die genau festgelegten Mahlzeiten sind, miteinander kombiniert, speziell für dich und deinen Blutzuckerspiegel errechnet«, erläuterte sie. »Sie sind die Voraussetzung, daß du nicht plötzlich Unter- oder Überzucker bekommst.

Hier in der Klinik versuchen wir, herauszufinden, welche Menge Insulin und Kalorien du brauchst, um einen gleichmäßigen Blutzuckerspiegel zu halten. Deshalb die vielen Blutzuckeruntersuchungen, die du jeden Tag über dich ergehen lassen mußt. Wir nennen das einen ›Diabetes einstellen‹.«

»Und wenn das passiert ist«, fragte Billa, »muß ich mich für alle Zeiten an diesen Plan halten?«

»Wahrscheinlich wirst du früher oder später, wenn du älter bist, wieder neu eingestellt werden müssen«, antwortete Schwester Annemarie. »Aber das ist im Moment nicht so wichtig. Wichtig ist, daß du dir eins klarmachst. Wenn du dich an deinen Essensplan hältst, dein Insulin spritzt, wie du es gelernt hast, kannst du – von diesen beiden Einschränkungen abgesehen – leben wie bisher auch. Nur Schlampereien und Ungenauigkeiten darfst du dir nicht erlauben. Ein Beispiel: Du mußt nach deinem Plan um elf Uhr essen, das darf dann aber auch nicht zehn Minuten später werden. Du mußt dich auch immer an die vorgeschriebene Menge Insulin und Essen halten, nicht einmal mehr oder weniger nehmen. Schon minimale Abweichungen können zu Veränderungen deines Blutzuckers führen. Hast du mich verstanden?« O ja. Billa begriff schnell, worum es ging. Sie war intelligent und geschickt und obendrein schon immer bemüht gewesen, Neues anzunehmen und ihm gerecht zu werden.

Schwestern und Ärzte waren voller Lob. Sie freuten sich mit Billa, daß sie sich so schnell in ihren neuen Tageslauf gefunden hatte, ohne etwas von ihrer Fröhlichkeit und Ausgelassenheit zu verlieren.

Eines Vormittags nahm Schwester Annemarie Billa nach der Visite beiseite. »Hör mal, Billa«, sagte sie. »Du bist nun immer noch in deinem Einzelzimmer, und das ist eigentlich nicht mehr unbedingt notwendig. Hinzu kommt, daß wir dein Zimmer für ein Kind brauchen, das allein liegen soll. Was hältst du davon, in ein Mehrbettzimmer zu übersiedeln, zu anderen Mädchen?«

»Klasse!« sagte Billa sofort.

So kam es, daß sie kurze Zeit später aus ihrem Einzelzimmer in ein Dreibettzimmer am anderen Ende der Station übersiedelte. Gespannt wanderte sie mit ihrem Köfferchen hinter Schwester Annemarie her, die sie ihren beiden neuen Zimmerkolleginnen vorstellen wollte.

Zuerst sah Billa ein großes Mädchen mit wadenlangem Rock und wirren Haaren. Das war Margit. Sie lag rechts von ihr, nachdem Billa das Bett in der Mitte zugewiesen bekommen hatte.

Mit lautem Freudengeschrei empfing Margit die Neue. »Endlich jemand zum Kartenspielen!«

»Guten Tag«, sagte Billa.

»Ach, laß doch die Formalitäten. Ich bin Margit, 13 Jahre, und seit fünf Wochen in diesem Gefängnis. Ich langweile mich zu Tode. Kannst du Rommé spielen?«

»Ja.«

»Canasta?«

»Ja.«

»Mau-Mau, 66 . . .«

»Ich weiß nicht so recht«, erwiderte Billa total überrumpelt.

»Wir haben zu Hause nie so viel Karten gespielt!«

»Dann bring' ich's dir bei«, entschied Margit kurzerhand. Kartenspielen war eine ihrer Lieblingsbeschäftigungen. Am liebsten hockte oder lag sie von morgens bis abends mit ihren Karten auf dem Bett und wartete auf jemanden, der mit ihr spielen konnte. Sie las nie ein Buch oder eine Zeitung (Billa hatte ganz vergessen, daß sie das ja auch nicht tat und sie Bücher eigentlich immer nur in Mengen bei Patrick sah). Margit ging auch nie spazieren. Ihre Eltern kamen einmal in der Woche. Die meiste Zeit spielten sie Karten oder saßen auf der Station herum. Unterhalten konnte man sich mit Margit kaum. Über ihrem Bett hingen Bilder von Fernsehstars, und Fernsehen war nach dem Kartenspiel ihr zweites großes Hobby. »Ach, laß uns nicht quatschen«, wehrte sie immer ab, wenn Billa mit ihr reden wollte. »Spielen wir lieber eine Partie Rommé.« Oder: »Gleich kommt ein Klassekrimi, der wird bestimmt spannend.« Die Ärzte fand sie alle »ganz doof«, die Schwestern auch, nur ein Student, der manchmal aushalf, war »klasse«.

Billas Zimmerkollegin zur Linken hieß Esther. Sie war auch schon 14 und mußte mit einer Gipsschiene am Bein im Bett liegen. Sie hatte wunderschöne dunkelrote Haare, die zu zwei dicken Zöpfen geflochten waren. Das sah altbacken aus, und Billa konnte gar nicht verstehen, daß man so schöne Haare zu Zöpfen zusammenbinden konnte.

»Die Zöpfe trage ich«, erklärte Esther, »damit die Schwestern es einfacher haben. Ich war noch bis vor drei Wochen am Tropf und konnte mir die Haare nicht selbst machen. Da war das Durchkämmen immer so schwierig, wenn sie nicht geflochten wurden, und abschneiden wollte ich sie nicht!«

»Die ist schon seit drei Monaten hier!« flüsterte Margit Billa zu. »Da ist sie selbst schuld, ich wär' schon lange abgehauen. Aber die ist fad.«

Eigentlich fand Billa das gar nicht. Das mit den Zöpfen war einleuchtend, und selbst wenn Esther ein bißchen langweilig war – was sollte man denn den ganzen Tag machen, mit einem Gips und einer Tropfinfusion?

Auf jeden Fall fand sie Esther entschieden netter als Margit. Esther hatte eine ganze Bibliothek auf ihrem Nachttisch und las entsprechend viel. Ihre Mutter hatte ihr Wolle gebracht, und jetzt häkelte sie an einem Pullover für ihren kleinen Bruder. So war sie ganz zufrieden. Manchmal heulte sie, weil sie Heimweh hatte und die Tage in der Klinik so langsam verstrichen. Meistens kam dann eine der Schwestern, redete mit ihr und brachte etwas Konfekt oder Obst mit – dann war sie schnell getröstet. (»Sie ist das Lieblingskind der Schwestern, weil sie keine Schwierigkeiten macht«, sagte Margit gehässig dazu.)

Billa fand Esther eher bewundernswert. Nach drei Monaten in der Klinik, ans Bett gefesselt, davon fast die ganze Zeit am Tropf – ihr hatte es schon nach vier Tagen gereicht.

Trotzdem war auch Esther nicht die richtige Freundin für Billa. Sie war so ernst; zwar freundlich, aber niemals lustig oder albern.

Doch mit der Zeit merkte Billa, daß sie umlernen mußte. Ihre Freundin Angela zu Hause, das war eine echte Freundin gewesen. Sie hielten zusammen wie Pech und Schwefel. Angela fand Billa netter als alle Mädchen, die sie kannte. Die beiden Freundinnen konnten zusammen traurig sein und zusammen lachen.

Hier im Krankenhaus gab es nun zwei gleichaltrige Mädchen, Margit und Esther. Beide waren nicht wie Angela, nicht einmal wie die nettesten Mädchen, die Billa außer Angela kannte. Aber was sollte sie machen? Sicher kamen die Eltern und Angela jeden Tag zu Besuch, aber die übrige Zeit konnte Billa doch nicht nur aus dem Fenster schauen und sich wünschen, sie wäre nie krank geworden. Sie war es nun einmal. Außerdem wäre das langweilig gewesen.

So spielte sie mit Margit Karten, und beide waren zufrieden. Sie las viele Bücher von Esther, die sie ihr gab, und Billa merkte plötzlich, daß Lesen wirklich interessant sein kann. Sie hörten gemeinsam Platten und schauten gemeinsam fern. Und plötzlich war das Kranksein ganz unterhaltsam.

Gewiß, Billa sehnte sich nach ihren Eltern und nach Angela;

sogar nach Patrick hatte sie manchmal Heimweh, dem gehaßten Zwillingsbruder. Aber wenn sie morgens aufwachte und Esthers freundliches Gesicht sah, wenn sie Margit hörte: »Schon wieder aufstehen – die reinste Schinderei!« und die Schwester in der Küche mit dem Frühstücksgeschirr klapperte, dann schien ihr das alles gar nicht mehr so fremd.

7

So wenig sympathisch Billa Margit auch fand, ihre Dienste waren ihr unersetzlich. Ohne die Zimmerkollegin hätte sich Billa wohl niemals so schnell auf der Station – überhaupt im ganzen Haus – zurechtgefunden. Margit hatte nämlich überall ihre Ohren. Sie hörte alles, sie wußte alles, und sie kannte alle. Und überdies war sie außerordentlich mitteilungsfreudig. Sie behielt ihre Informationen niemals für sich.

Billa bereitete es noch Tage, nachdem sie aus ihrem Einzelzimmer ausgezogen war, Schwierigkeiten, ähnlich aussehende Kinder nicht das drittemal zu fragen, ob sie gerade gekommen seien.

Margit lachte nur darüber. Sie wußte, welche Kinder wo schliefen, wie die dazugehörigen Eltern aussahen. Sie ging mit Billa durch alle Zimmer, nannte ihr Namen und erklärte, warum die Kinder im Krankenhaus waren. Als Billa erstaunt fragte, woher sie das alles wisse, und etwas von Schwestern- und Ärztegeheimnis verlauten ließ, wollte Margit sich halbtot lachen.

»Hör mir damit auf!« rief sie. »Ich brauche keinen Arzt und erst recht keine Schwester, um mich zu informieren. Die tun alle so furchtbar geheim, besprechen wichtige Dinge nur im

30

Flüsterton und verstummen sofort, wenn ein Kind in ihre Nähe kommt. Blöde Idioten!« Sie nahm Billa am Arm und flüsterte ihr geheimnisvoll zu: »Ich beziehe meine Auskünfte aus allererster Quelle!«

»Und offenbar hast du auch keine Schwierigkeiten dabei«, bemerkte Billa ironisch.

»I bewahre«, erwiderte Margit und fügte beleidigt hinzu. »Willst du nicht wissen, wer meine Quelle ist?«

»Doch«, sagte Billa vorsichtig.

Margit stellte sich in Positur. »Die älteren Kinder frage ich selber, bei den jüngeren hänge ich mich einfach an die Eltern«, verkündete sie großsprecherisch. »Und wenn ich einmal etwas nicht in Erfahrung bringen kann, mobilisiere ich meine Mutter. Das klappt garantiert immer und verschafft mir alle Auskünfte, die ich haben will.«

»Das wär' mir zuviel Arbeit«, murmelte Billa. »Interessieren dich denn die Krankheiten der anderen so sehr?«

Gleichgültig zuckte Margit mit den Achseln. »Irgendwas muß man ja tun, damit der Tag schneller vergeht. Das wirst du auch noch merken. Hier im Krankenhaus ist die Langeweile das Allerschlimmste – sie ist einfach nicht wegzukriegen. Außerdem brauchst du nicht so überlegen zu tun. Du hast das schließlich nicht nötig, weil du alles Wissenswerte von mir erfährst.«

Das stimmte allerdings, und Billa beeilte sich, zu versichern, daß Margits Dienste ihr durchaus lieb waren, was vollkommen der Wahrheit entsprach. Denn sie merkte, daß es ihr so viel leichter fiel, sich zurechtzufinden.

So erfuhr sie vieles, unter anderem auch, daß auf dieser Station, auf der sie beide lagen, fast ausschließlich sogenannte »chronische Erkrankungen« lagen.

»Das sind Krankheiten, die nicht mehr weggehen, ab und an schlimmer werden und einen wiederholten Krankenhausaufenthalt nötig machen«, erklärte Margit, als sie Billas unwissenden Blick sah. »Wie deine! Du bist das erste-, aber sicher nicht das letztemal im Krankenhaus. Vor einer Woche z. B. ist ein Mädchen entlassen worden, das auch Zucker hatte. Die war prima. Die hat mir erzählt, wenn sie irgend etwas Süßes essen wollte, habe sie sich einfach mehr Insulin gespritzt. Ist das nicht klasse?«

»Na ja«, erwiderte Billa zögernd. »Warum war sie denn da?«

»Deswegen natürlich«, antwortete Margit. »Sie ist mit ihrem Blutzucker total durcheinander gewesen. Aber das war ihr egal. Sie sagte, wenn sie wieder nach Hause entlassen würde, täte sie es wieder.«

Billa schüttelte sich. »Was für eine Aussicht, durch solchen Leichtsinn noch einmal ins Krankenhaus zu müssen!«

Margit grinste. »Die Renate hat gemeint, das Krankenhaus habe auch seine Vorteile. Dann müsse sie beispielsweise nicht zur Schule gehen. Außerdem hoffe sie immer, irgendwann den Dreh rauszukriegen, sich genau soviel Insulin mehr zu geben, wie sie für die gegessene Schokolade brauche. Ich finde das mutig, du nicht?«

»Wie du meinst, mutig vielleicht«, gab Billa zu, »aber trotzdem kurzsichtig.«

»Warum bist du denn hier?« fragte sie, um von dem Thema abzulenken.

»Haarausfall!«, sagte Margit.

»Haarausfall?!« fragte Billa, sah auf Margits wirren Haarschopf und mußte unwillkürlich lachen. »Wo denn?«

Aber da verstand Margit keinen Spaß. »Hör auf zu lachen«, zischte sie böse. »Seit sechs Wochen werde ich durch die Mangel gedreht, und nichts, absolut nichts kommt dabei heraus. Vor acht Jahren hatte ich schon einmal eine vollständige Glatze – das war vielleicht was! Jetzt fängt dasselbe wie damals wieder an. Nette Aussichten, die mich da erwarten! Aber Schwamm drüber!«

Jetzt war sie diejenige, die von einem Thema ablenken wollte.

»Wenn ich bedenke, was hier so rumliegt, bin ich noch froh. Die Esther z. B. hat eine Knochenhautentzündung – der stehen noch mindestens drei Monate Klinik bevor, hab’ ich neulich gehört. – Die beiden Jungen vom Zimmer nebenan haben Rheuma, der eine schon seit zwei Jahren, er ist auch normalerweise in einem Spezialheim. Übrigens, für wie alt hältst du den Kleinen mit den schwarzen Locken?«

»6–7 Jahre«, schätzte Billa.

»Denkste«, sagte Margit triumphierend. »Der geht in die 2. Klasse des Gymnasiums.«

»Wie ist denn das möglich?!« fragte Billa irritiert.

»Schon mal was von einem Liliputaner gehört?« fragte Margit überheblich. »Obwohl man das Wort ja nicht laut sagen darf. Sie nennen es hier Minderwuchs und bilden sich ein, es klänge besser. Aber für mich ist er ein Liliputaner und ein eingebildeter dazu!« Margit lachte und sprach ohne Unterbrechung weiter. Sie sonnte sich offensichtlich in der Anerkennung Billas, der die vielen Begriffe gänzlich unbekannt waren, die aber Margits Erzählungen aufmerksam, wenn auch schweigend lauschte.

Denn Margits Mitteilungssucht beschränkte sich nicht auf Kinder und Krankheiten.

Die Schwestern und Ärzte kannte sie alle mit Namen. Sie wußte Eigenheiten und Spitznamen, wer wann frei hatte oder zum Dienst kam. Sie schüttelte Geburtstage, Ehemänner und anderes mehr förmlich aus dem Handgelenk: Schwester Annemarie, verheiratet, keine Kinder, Schwester Michaela, die Nachtschwester, verlobt mit einem Medizinstudenten. Schwester Ines, gefärbte Haare, befreundet mit dem blonden Studenten, der Nachtwache macht.

So erfuhr Billa wichtige und unwichtige Dinge, die sie aber in ihrer gegenwärtigen Situation alle interessiert zur Kenntnis nahm. Sie gewöhnte sich an die Schwestern, an ihren Dienst. Waren sie ihr am Anfang alle freundlich und langweilig erschienen, so merkte sie jetzt Unterschiede. Es gab nette und weniger nette, herzliche und biestige. Manche schimpften, einige lachten, andere waren gleichgültig und zuckten immer mit den Schultern und sagten: »Mach's, wie du denkst! Du bist alt genug, und meine Nerven sind mir wertvoller!« Billa freute sich, wenn jemand Nettes Dienst hatte, da sie dann manchmal Botengänge in die Werkstatt oder ins Labor ausführen durften.

Wenn wenig zu tun war, kam es auch mal vor, daß die drei großen Mädchen zu Fuß und im Rollstuhl ins Stationszimmer – das Arbeitszimmer der Schwestern durften. Dann tratschten die Schwestern, die Mädchen hörten zu und lachten mit, bekamen auch mal eine Tasse Tee oder Kaffee geschenkt. Das war klasse!

Eine von Billas Lieblingsschwestern hieß Michaela. Sie war nach Schwester Annemarie die netteste Schwester auf der ganzen Station. Billa war der Überzeugung, daß sie Michaela auch außerhalb der Klinik gern mögen würde.

Sie kam immer abends und blieb über Nacht. Wenn die Kleinen schliefen, nahm sie ihr Strickzeug und setzte sich zu den drei Großen. Dann wurde erzählt und gelacht. Sogar Margit war das Fernsehschauen dann manchmal leid, und Esther taute richtiggehend auf. Michaela brachte Bücher mit, die sie abwechselnd vorlasen. Sie tranken Mineralwasser – was anderes hatten sie nicht – und taten so, als ob es Sekt wäre.

Den ganzen Tag freute Billa sich auf Schwester Michaela. Wenn sie auf die Station kam, ihren Kittel anzog und gleich in das Zimmer der Mädchen trat, um sie zu begrüßen, fühlte Billa sich beinahe, als ob sie hier ein neues Zuhause gefunden hätte.

8

Margit stupste Billa von der Seite an. Sie spielten gerade Rommé. »Schau mal, da draußen! Sag bloß, der kommt zu uns?!«

Billa schielte über ihre Karten hinweg auf den Flur. Was sie da sah, war wirklich erstaunlich. Ein Junge, etwa 15, stand dort im Gespräch mit Schwester Annemarie. Die Reisetasche in seiner rechten und ein verbundener linker Arm sprachen dafür, daß er ein neuer Patient war.

»Ich werd' verrückt!« hörte Billa Margits Stimme. »Der ist doch viel zu alt für uns?!«

Das gleiche hatte Billa auch gedacht.

»Der ist doch mindestens 15«, stöhnte Margit. »Ich dachte immer, 14 Jahre sei das äußerste für eine Kinderstation?!«

»Vielleicht sieht er älter aus, als er ist«, erwiderte Billa ruhig.

»Na ja, ist ja auch egal«, entschied Margit kurzerhand. »Wir können nur hoffen, daß es wirklich ein Neuer ist. Denn wenn der hierbleibt, wird's endlich mal interessant!«

»Red doch keinen Mist«, sagte Billa. Aber trotz der abfälligen Bemerkung versuchte sie noch schnell einen Blick auf den Flur zu erhaschen. Es sprach wirklich alles dafür, daß der Junge auf ihre Station kam. Dr. Jensen kam auch schon um die Ecke und besprach etwas mit ihm.

Ob er eigentlich allein gekommen war? Billa konnte keine Mutter entdecken. Vielleicht war er doch nur ein Besucher, der zufällig den Arm geschient und ebenso zufällig eine Reisetasche bei sich hatte.

Beim Mittagessen saß der Junge am Tisch, so selbstverständlich, als wäre er nicht erst vor zwei Stunden gekommen. Er scherzte mit den Schwestern, half den Kleinen und benahm sich so natürlich und ungezwungen, daß Billa kein Auge von ihm lassen konnte.

Gut sah er aus, das stand außer Zweifel. Er trug kurze Jeans und ein buntes Hemd. Kinnlange hellbraune Haare umrahmten ein braungebranntes Gesicht.

Unwillkürlich mußte Billa daran denken, wie sie selbst wohl aussehen mochte. Früher, zu Hause, war sie immer sehr eitel gewesen, und ihre blonden Locken, die im reizvollen Gegensatz zu ihren blauen Augen standen, waren ihr ganzer Stolz gewesen und dementsprechend gebürstet und gepflegt worden. Aber seit sie im Krankenhaus war, hatte sie das alles wenig gekümmert. Ob sie wohl mit Margit konkurrieren konnte?

Aber nicht nur sein gutes Aussehen irritierte Billa. Sein ganzes Wesen war so freundlich, offen und natürlich. Nie hätte sie es sich träumen lassen, daß jemand die Klinik als etwas so Selbstverständliches hinnehmen konnte, wie dieser Junge es offensichtlich tat. Schwestern und Ärzte schienen ihm Freunde zu sein.

»Ich heiße Philipp«, hatte er zu Margit und Billa gesagt. »Ich bin hier Stammgast! Ihr seid beide neu?«

Billa und Margit nickten, und Billa mußte gegen einen Klumpen im Hals ankämpfen, der ihr eine Antwort verwehrte.

Margit war da anders. »Margit«, stellte sie sich vor und schüttelte Philipp die Hand. »Wieso Stammgast? Warst du schon öfter hier?«

»Seit meinem 4. Lebensjahr komme ich hierher«, antwortete Philipp ruhig.

»Wieso?« fragte Margit neugierig.

»Ich bin Bluter!« erklärte Philipp.

»Ach so!« Margit nickte. Anscheinend war ihr die Sache jetzt klar.

Billa aber wußte mit dieser Erklärung nichts anzufangen. Was war bloß ein Bluter? Wo hatte sie dieses Wort schon gehört? Ob Margit wirklich so schlau war, wie sie tat?

36

»Wie alt bist zu denn?« fragte Margit.

»15.«

»Und da kommst du noch hierher?!« Margit schien entgeistert. »Müßtest du mit 15 nicht eigentlich auf eine Erwachsenenstation?«

»Doch«, erwiderte Philipp. »Aber ich bin eine Ausnahme.«
Und die Art, in der er das sagte, ließ sogar Margit verstummen. Er war eine Ausnahme, basta. Nichts Besonderes, nur eine Ausnahme.

Beim abendlichen Spritzenaufziehen stand Philipp in der Tür und schaute Billa interessiert zu.

»Hast du Zucker?« fragte er.

Billa nickte.

»Schon lange?«

»Seit einer Woche ungefähr.«

»Mhm«, sagte Philipp. »Dafür machst du das aber schon ganz flott – das Aufziehen meine ich. Ich habe länger gebraucht, bis ich kapiert hatte, worum es ging.«

»Wieso – mußt du dich auch spritzen?« fragte Billa.

»Leider kann ich das noch nicht selbst machen wie du, ich muß mich noch spritzen lassen. Aber ich hoffe, daß ich es später einmal selbst tun kann. Vielleicht schon in nächster Zukunft!«

Billa traute sich nicht zu fragen, was er sich spritzen müsse, und was überhaupt ein Bluter sei. Sie schlich am Abend zu Schwester Michaela und fragte: »Schwester Michaela, was ist ein Bluter?«

»Frag doch Philipp«, lachte Schwester Michaela. »Der weiß viel besser darüber Bescheid als ich.«

»Ach was«, erwiderte Billa ungeduldig. »Nun erklären Sie's mir doch schon!«

»Ein Bluter ist im Prinzip dasselbe wie du«, hörte sie dann.

»Dir fehlt Insulin, einem Bluter ein Gerinnungsstoff im Blut.

Du mußt dir Insulin spritzen, ein Bluter bekommt Gerinnungsstoffe injiziert – allerdings in die Vene, das ist der Unterschied. Denn du spritzt dich ja in den Muskel.«

»Und wie äußert sich die Krankheit?« fragte Billa interessiert.

»Nun ja«, erklärte Schwester Michaela, »die landläufige Meinung ist die, daß ein Bluter nicht mehr aufhört zu bluten, wenn er sich irgendeine Verletzung zugezogen hat – das ist auch gerade bei Unfällen und Operationen sehr gefährlich. Für die moderne Medizin ist das allerdings das geringste Übel. Viel häufiger und für den Betroffenen schlimmer sind Blutungen in die Gelenke, z. B. in das Kniegelenk oder das Armgelenk, wie im Moment bei Philipp. Diese Gelenke können dann doppelt so groß werden, und das kann zu Versteifungen führen. Dir ist sicher aufgefallen, daß Philipp das rechte Bein ein bißchen nachzieht?«

Billa verneinte. Das war ihr nicht aufgefallen.

»Na ja«, neckte Schwester Michaela, » so ein hübscher Bengel wie unser Philipp läßt vergessen, daß er hinkt. Er ist so fröhlich und unbekümmert, daß man nie auf die Idee kommt, er könne krank sein! Dabei ist seine Krankheit eigentlich viel schlimmer als deine!«

Da wunderte Billa sich das erstemal. Am folgenden Abend beim Kartenspielen – sie waren nun zu viert, denn Philipp war natürlich dabei – und auch später fiel es Billa auf, daß alle Schwestern fast ein bißchen ins Schwärmen gerieten, wenn von Philipp die Rede war.

Philipp hier, Philipp da, so hieß es. Sein Name war in aller Munde. Er wurde geholt, wenn irgendwo Not am Mann war, er wurde zitiert, wenn man einer Feststellung Nachdruck verleihen wollte. Philipp, der alles mit einem fröhlichen, unbekümmerten Achselzucken hinnahm, der, mittlerweile 15, seit 11 Jahren krank war und gelernt hatte, die Klinik als sein zweites Zuhause anzusehen. Philipp, dem es in all dieser Zeit of sehr schlecht gegangen war und der trotzdem nie unterzukriegen gewesen war.

Das also war Philipp! Alle Schwestern mochten ihn und behandelten ihn wie ihren Ersatzsohn. Und die Ärzte sprachen mit ihm beinahe wie mit ihresgleichen.

Philipp nahm das alles hin, stolz, aber ohne Anmaßung. Für ihn war das eine Selbstverständlichkeit, so wie er selbst die gegebene Situation ohne Murren und Hadern als Teil seines Lebens hinnahm.

9

Margit kam zu Billa und sagte: »Komm mit, heute machen wir unseren ersten Besuch gemeinsam!«

»Besuch?« fragte Billa erstaunt.

Margit nickte. »In Zimmer 8 liegt ein neues Mädchen. Muß irgendwann in der Nacht gekommen sein. Die wollen wir gleich mal begrüßen und mit unseren Sitten und Gebräuchen bekannt machen!«

»Und dabei ausfragen!« entfuhr es Billa seufzend. »Nein, danke, das mag ich nicht. Mach das nur allein!«

»Ich glaube, du spinnst!« erwiderte Margit aufbrausend. »Seit du aus deiner Einzelhaft entlassen bist, hängst du an mir und profitierst von meinen Informationen und jetzt willst du dich drücken?!«

»Ich will mich nicht drücken«, wehrte Billa ab. »Aber das hat doch bis heute nachmittag Zeit. Warum diese Eile? Mir hast du ja auch nicht gleich am ersten Tag die Bude eingerannt.«

»Das war etwas anderes«, sagte Margit. »Gejuckt hat's mich, aber die Einzelzimmer sind für uns verboten, da muß auch ich mich fügen. Nun komm schon!« drängte sie.

Zögernd stand Billa auf und trottete hinter Margit her, die

zielstrebig zum anderen Ende der Station lief und, ohne anzuklopfen, in Zimmer 8 eintrat. Billa schob sich geräuschlos hinterher.

Am Tisch saß ein pummeliges Mädchen mit schwarzen Haaren und kindlichem Gesicht, das ein Buch las und erstaunt aufsah, als plötzlich die Tür geöffnet wurde. Billa wich unwillkürlich ein paar Schritte zurück, denn der Anblick des Mädchens war erschreckend. Gesicht und Arme überzog eine merkwürdige schuppige Flechte, die aussah, als wolle sie jeden Moment abfallen. Billa schüttelte sich insgeheim und sah erschreckt zu Margit hinüber, die das aber gar nicht zu bemerken schien.

Sie nahm sich, ohne zu fragen, einen freien Stuhl, während Billa verlegen stehenblieb.

»Morgen«, eröffnete Margit das Gespräch. »Wer bist du denn?«

Die Schwarzhaarige sah von Margit zu Billa und schwieg.

»Hej«, sagte Margit laut und tippte dem Mädchen auf die Schulter. »Bist du etwa stumm? Wir wollen wissen, wie du heißt?«

»Karen.«

»Warum bist du denn hier?« fragte Margit ungerührt weiter. Karen musterte Billa und Margit eindringlich. »Was stellt ihr solche Fragen, wenn ihr euch die Antwort denken könnt?« sagte sie schließlich sanft. »Und wenn ihr es wirklich nicht wißt, was geht es euch beide an?«

»Reines Interesse am Schicksal eines Leidensgenossen«, sagte Margit schmeichlerisch. »Wir beide kennen uns auch erst kurz und suchen noch einen Dritten in unserem Bunde.«

»Gehört es zu den Aufnahmebedingungen in eurem Klub, daß man zuerst einmal ausgefragt wird?« erkundigte sich Karen.

»Nun tu mal nicht so«, bemerkte Margit, und Billa sah an ihrem geröteten Gesicht, daß die überlegene Ruhe Karens ihr mehr Selbstbeherrschung abverlangte, als sie zeigen wollte.

»Dir bleibt doch sowieso keine andere Wahl, als es uns zu sagen. Oder willst du hier allein versauern?«

Karen lächelte. »Ja, das will ich!« sagte sie selbstsicher. »Lieber als in eurem Bunde mitzumischen, der Neuankömmlinge derart überfällt.«

Mit Margits Freundlichkeit war es vorbei. »Oh, sie ist was Besseres«, sagte sie zu Billa. »Schau sie dir an. Wahrscheinlich wollte sie Einladungskarten zu einem Begrüßungsempfang verschicken, und wir sind ihr unglücklicherweise zuvorgekommen. Das ärgert eine gute Gastgeberin, nicht wahr?«

»Das nicht«, sagte Karen ruhig und ohne eine Spur von Zorn in der Stimme. »Aber mich ärgert es, wie ihr hier hereinplatzt und euch aufspielt!«

»Wir spielen uns auf!« schrie Margit aufgebracht. »Wer spielt denn hier die große Dame und tut wer weiß wie überheblich? Wir hätten gar nicht herkommen sollen«, sagte sie zu Billa gewandt. »Zumal mich gewisse Gesichter in diesem Zimmer sowieso anekeln und daran hindern werden, noch einmal hierher zu kommen . . .«

»Raus!« sagte Karen mit tonloser Stimme.

»Werd bloß nicht handgreiflich!« höhnte Margit. »Sonst fallen die Pickel noch ab und verschandeln den ganzen Fußboden. Wär' ja schade.«

Billa sah erschrocken zu dem Mädchen hinüber, dem aber auch jetzt nichts anzumerken war. Sie stand ruhig auf, öffnete die Tür und blieb stehen, bis Margit und Billa an ihr vorbei das Zimmer verlassen hatten. Als Billa zurückschaute, saß sie bereits wieder auf ihrem Stuhl.

Margit stupste Billa an. »Verdreh dir nicht den Kopf«, sagte sie gehässig, »die meint dann womöglich, sie sei immer noch interessant für uns.«

Billa wandte sich unwillig ab. »Ein bißchen dick, wie du da aufgetragen hast«, sagte sie angeekelt. »Oder findest du nicht?«

»Dick?!« schrie Margit wütend. »Dick ist lediglich die Pickel-schicht, die das Weib im Gesicht und – wer weiß wo sonst noch hat. Sieht aus wie aus einer Leprastation entsprungen und tut, als sei sie Gräfin Rotz!«

Billa schüttelte den Kopf. »Wir haben uns unmöglich benom-men«, bemerkte sie. »Wahrscheinlich ist Karen doch wegen ihrer Pickel im Krankenhaus. Ich möchte am liebsten noch mal reingehen und mich entschuldigen.«

»Oha«, sagte Margit höhnisch. »Deine gute Erziehung geht mit dir durch, oder ist es dein Mitleid?«

»Beides«, erwiderte Billa. »Ich überlege mir, wer uns das Recht gibt, uns über Karens Aussehen lustig zu machen. Schließlich sitzen wir, die wir hier im Krankenhaus sind, alle im gleichen Boot. Wir müßten doch zusammenhalten, anstatt uns gegenseitig anzupöbeln.« Aufmunternd sah sie Margit an. »Oder meinst du nicht?«

»Ich hab' gar nicht zugehört«, knurrte Margit. »Alles schöne Worte, sonst nichts. Jeder muß sehen, wo er bleibt. Die da drin wird auf jeden Fall büßen – bitter büßen. Ich lasse mich nicht ungestraft wie den letzten Dreck behandeln, noch dazu von so einer.«

»Du bist ungerecht«, sagte Billa nachdenklich. »Wir haben Karen herausgefordert. Wenn wir ganz ehrlich sind, auf nicht gerade anständige Art.«

»Gibt ihr das das Recht, uns vor die Tür zu setzen?«

»Wir haben sie beleidigt. Die Anspielung auf ihr Aussehen war mehr als fies.«

»Sicher war das fies«, gab Margit zu. »Aber das hat sie sich selbst zuzuschreiben. Sie spielt die Ruhige, Überlegene und reizt uns damit. Sie verweigert uns Auskünfte, die wir uns selbst hätten geben können . . .«

»Genau das ist es«, unterbrach Billa. »Sie hat sich geniert, zuzugeben, daß sie wegen ihres Ausschlags im Krankenhaus ist. Vermutlich hat sie unsere Fragen als Provokation aufge-faßt.«

»Nun hör aber auf«, sagte Margit aufgebracht. »Genieren wir uns etwa, zuzugeben, warum wir hier sind? Habe ich dir nicht erzählt, daß ich Haarausfall habe? Machst du aus deinem Zucker ein Geheimnis?«

»Aber Karen haben wir es nicht erzählt!« beharrte Billa.

»Du regst mich auf mit deinem Geschwätz«, erwiderte Margit ungeduldig. »Das ist doch alles an den Haaren herbeigezogen, was du da sagst. Tatsache bleibt, daß sie etwas Besseres sein will und wir ihr nicht gut genug sind. Und den Zahn werde ich ihr ziehen!«

Damit stand sie auf und ließ Billa stehen. Billa blieb mit einem äußerst unguten Gefühl allein zurück. Sie kannte Margit nicht genug, um zu wissen, ob sie ihre Drohungen wahrmachen oder wozu sie fähig sein würde. Karen tat ihr leid. Sollte sie sie warnen?

Andererseits mußte Billa sich eingestehen, daß sie Margit in gewisser Weise verstehen konnte, obwohl sie das ihr gegenüber, rein um des Widerspruchs willen, niemals zugegeben hätte.

Sie konnte Karen auch nicht verstehen. Ein Mädchen, das so aussah wie sie, also eine vielleicht mitleiderregende, aber unangenehme Erscheinung war, sollte froh sein, wenn es nicht abseits stehen mußte. Konnte ein solches Mädchen es sich leisten, wählerisch zu sein?

Am Nachmittag während der Besuchszeit fiel es Billa auf, daß auf der ganzen Station ein ungewöhnlicher Umtrieb war. Margit lief mit hektischen roten Wangen umher und grinste Billa unaufhörlich frech ins Gesicht. Obendrein lag sie nicht, wie sonst üblich während der Besuchszeiten, schlechtgelaunt auf ihrem Bett, sondern pendelte aufgeregt zwischen Eingangstür und Karens Zimmer hin und her. Sie schien mit sich und der Welt äußerst zufrieden.

Billa zog es mit magischer Kraft ebenfalls zu Karen, um zu

ergründen, was es da wohl Interessantes zu sehen gab. Was sie erblickte, trieb ihr das Blut in die Wangen und beschämte sie zutiefst.

An Karens Außentüre war ein Schild angebracht worden, auf dem in großen Buchstaben folgendes zu lesen stand:

»Frischer STREUSELKUCHEN zu verschenken!!
Bin froh, wenn ich ihn loswerde.

Karen Krause
bitte eintreten, ohne zu klopfen.«

Als Billa sich umdrehte, stand die grinsende Margit hinter ihr. »Ist das deine angekündigte Rache?« fragte Billa wutschnaubend.

»Gut, nicht?« erwiderte Margit lachend. »In vierfacher Ausführung: ein Schild hier, zwei im Fahrstuhl und eins am Eingang der Klinik. Bloß steht auf den anderen drei auch noch Station und Zimmernummer mit drauf, damit sich niemand verläuft.«

»Wie kann man nur so geschmacklos sein!« fauchte Billa. Margit lachte hämisch. »Du kannst mich nicht beleidigen. Geschmacklos, aber effektvoll! Karen ist mit ihren Nerven bereits am Ende. Und genau das wollte ich erreichen!«

»Du bist fies!« brachte Billa hervor. »Das kann ich nicht mitansehen!« Sie riß das Plakat von der Tür und zerknüllte es. »Das gleiche werde ich auch mit den anderen machen.«

»Tu das ruhig!« erwiderte Margit lachend. »Du nimmst mir eine Arbeit ab. Sehr viel länger kann ich den Spaß sowieso nicht mehr auskosten, sonst kommen mir die Schwestern auf die Schliche. Das rentiert sich nicht!« Mit einem lauten »Tschüs« ließ sie die wütende Billa stehen.

Billa, nun allein, stand unsicher ob soviel frecher Überlegenheit mit dem zerknüllten Papier in der Hand vor Karens Türe.

Unschlüssig schaute sie durch die Fensterscheibe in das Zimmer und wußte nicht, wie sie sich weiter verhalten sollte. Sie sah die zusammengekauerte Karen am Tisch sitzen. Die hatte den Kopf auf die Tischplatte gelegt, ihre Schultern bebten.

Billa gab sich einen Ruck und öffnete die Tür. Leise ging sie auf Karen zu und legte ihren Arm um das Mädchen. Sie empfand keinen Ekel, nur Anteilnahme und Beschämung.

»Du, es tut mir wirklich leid«, flüsterte sie.

Karen richtete sich langsam auf und schüttelte Billas Arm ab. Ihr Gesicht hatte wieder den ruhigen unnahbaren Ausdruck angenommen, den Billa schon kannte. Sie sah ihr Gegenüber mit großen Augen an und sagte ernst: »Du kannst deiner Freundin berichten, daß ihr erfolgreich wart. Ihr habt mich mit eurer großartigen Idee kleingekriegt, gratuliere!«

»Sag das nicht!« bat Billa leise.

»Warum?« fragte Karen kalt. »Seid ihr nicht stolz auf euer Meisterstück?«

»Du darfst nicht von uns reden«, erwiderte Billa still. »Ich habe nichts damit zu tun. Ich war heute morgen mit Margit bei dir – aber das ist alles. Von dem, was danach passiert ist, wußte ich bis vor kurzem nichts.«

»Ist das wahr?« fragte Karen.

»Ja!« sagte Billa.

»Warum kommst du dann zu mir? Warum entschuldigst du dich für etwas, mit dem du nichts zu tun hast?«

»Ich wußte, daß Margit wütend war und etwas im Schilde führte. Vielleicht hätte ich es verhindern können«, gab Billa offen zu.

Karen stand auf. »Dann danke ich dir, daß du gekommen bist. Und ich bin froh darüber – dabei weiß ich nicht einmal, wie du heißt.«

»Billa Paulsen.«

»Schön, daß du da bist, Billa«, sagte Karen noch einmal.

»Weißt du, eigentlich sollte ich solche Hänseleien ja gewöhnt sein, aber das vorhin war schon ein harter Brocken. – Magst du dich nicht hinsetzen. Wir könnten uns etwas erzählen – oder ekelst du dich doch vor mir?«

»Nein«, beeilte sich Billa zu versichern.

»Du brauchst dich dessen nicht zu schämen«, erwiderte Karen. »Ich weiß, wie ich aussehe. Ich bin mir darüber klar, daß der Streuselkuchen kein schlechter Vergleich war!«

»Hör auf!«

»Warum?« beharrte Karen. »Ich sage dir lieber gleich, daß ich kein Mitleid will. Du bist zu mir gekommen, weil du das, was Margit getan hat, gemein fandest. Das finde ich prima. Bleiben mußt du deswegen aber nicht. Das will ich gleich klarstellen.«

»Wenn man mit dir redet, fällt es einem gar nicht auf, wie du aussiehst«, meinte Billa.

Eine größere Freude hätte sie Karen gar nicht machen können. »Vielen Dank!« sagte sie erleichtert. »Dann sind wir also beide soweit, daß wir über den Streuselkuchen lachen können, oder?«

»Und Margit hat das Nachsehen«, fügte Billa hinzu.

Das war der Beginn einer Freundschaft zwischen Karen und Billa. Billa war von Karen sehr beeindruckt. Es war so, wie sie gesagt hatte, im Gespräch mit Karen vergaß man ihr Äußeres.

Karen litt an einer sehr seltenen Hauterkrankung, die vor Jahren das erstemal – verhältnismäßig harmlos – aufgetreten war. »Wir dachten an irgendeine Allergie«, erzählte Karen. »Aber die Flecken blieben und wurden später sogar schlimmer. Sie breiteten sich auch auf den Schleimhäuten aus – mein Mund wuchs richtiggehend zu –, ich konnte zeitweilig keine Luft mehr bekommen. Das war schlimm, und wegen dieser Sache lag ich dann auch das erstemal im Krankenhaus. Nie hätte ich mir träumen lassen, daß aus diesem Krankenhausaufenthalt« – sie rechnete mit den Fingern nach – »sechs Aufenthalte in drei Jahren werden würden!«

»Wie hältst du das bloß aus?« fragte Billa mitleidsvoll.

Karen zuckte mit den Schultern. »Was soll ich machen? Du siehst doch selbst, wie's um mich steht. Ich hoffe bei jedem Klinikaufenthalt, daß man mir besser helfen kann, als es beim letztenmal der Fall war. Aber bis jetzt hat das alles nicht viel genutzt. So bleibt mir immer nur die Hoffnung aufs nächstemal!«

»In Zimmer 3 liegt ein Junge«, sagte Billa, »der auch schon seit zehn Jahren hierherkommt. Ihr müßtet euch doch kennen – er heißt Philipp.«

»Ich bin das erstemal in diesem Krankenhaus«, erklärte Karen. »Was hat denn dieser Philipp?«

»Bluter!«

Karen nickte. »Solche kenne ich. Die sind genauso schlimm dran wie ich. Können nicht regelmäßig zur Schule gehen und müssen immer zuschauen, wenn etwas schön ist.«

»Hast du keine Freundin?«

»Ich hatte eine!« sagte Karen. »Wir haben uns mal ewige Treue geschworen. Aber irgendwann wurde es ihr zu dumm, immer alleine in die Schule zu gehen oder zu Hause zu sitzen, nur weil ich ständig in irgendeiner Klinik lag. Da hat sie mich fallenlassen. Weißt du – irgendwie hab' ich sie auch verstehen können. Eine Freundin ist jemand, mit dem man Spaß macht, Pläne schmiedet und seine freie Zeit verbringt und noch vieles andere mehr. Nichts von allem hab' ich ihr bieten können, nachdem ich krank wurde.«

»Gehst du überhaupt nicht mehr zur Schule?«

»Dooooch«, antwortete Karen gedehnt. »Drei Monate Klinik, ein Monat Erholung, drei Wochen Schule. Spätestens dann bekomme ich meinen Rückschlag: ein Monat krank zu Hause, drei Monate Klinik, ein Monat Erholung, drei Wochen Schule usw. So geht's immer im Kreis herum!«

»Manchmal hätte ich mit dir tauschen mögen«, seufzte Billa, um etwas Tröstendes zu sagen. »Ich hasse die Schule. Fast wäre ich dieses Jahr sitzengeblieben – nur meine Krankheit hat mich davor bewahrt, welch Glück!«

»Das könnte mir nie passieren«, seufzte Karen sehnsüchtig. »Seit einigen Monaten habe ich einen Hauslehrer, das ist immerhin etwas. Aber oft sehne ich mich nach der Schule zurück – trotz aller Hänseleien!«

»Hänseleien?«

»Das kannst du dir doch denken«, sagte Karen mit unbeweglichem Gesicht. »Meinst du, die Kinder in der Schule reagieren anders als Margit? So und ähnlich nehmen sie mich in der Schule auch hoch!«

»Wegen deines Ausschlags?« fragte Billa.

»Hauptsächlich deswegen«, bestätigte Karen. »Aber richtig böse werden sie eigentlich erst, wenn sie merken, daß ich trotz meiner Krankheit nicht ihre Dienstmagd spielen will. Da rächen sie sich. Anscheinend glaubt man, daß ein Mädchen, das so aussieht wie ich, kuschen muß und keine Ansprüche stellen darf. Da sind sie bei mir aber an der falschen Adresse!«

Das hatte Billa schon gemerkt und schämte sich entsetzlich. Hatte sie heute morgen nicht ähnlich gedacht? »Was machen sie, wenn sie richtig böse werden?« fragte sie schnell, um von ihrer Verlegenheit abzulenken.

»Mein Spitzname ist KK! Das ist eine Art Geheimcode.«

»KK?!«

Karen lachte bitter. »KK steht für Karen Krause. Aber nur offiziell. Hintenrum heißt es nach Belieben ›krause oder kräuselige Karen‹, ›kalte Kotze‹ oder ›Krümel-Karen‹. Willst du noch mehr hören?«

Billa hielt sich die Ohren zu.

»Hör auf!« rief sie. »Wie kann man nur so gemein sein?«

»Wie man kann?« fragte Karen. »Man kann alles, wenn man gesund ist und keinen Spott zu fürchten braucht. Sei froh, daß du eine Krankheit hast, die man dir nicht ansieht. Alles wird dir viel leichter und trotzdem noch schwer genug fallen.«

»Und trotzdem möchtest du noch gern zur Schule gehen?«
fragte Billa nachdenklich.

»Und wie gern«, seufzte Karen. »Ich lasse mich nicht unterkriegen, nicht durch Dutzende von Hänseleien. Ich bin überzeugt, daß ich irgendwann wieder gesund sein werde, und solange ich diese Hoffnung nicht verliere, kann mich auf die Dauer nichts umwerfen – das sagen auch meine Eltern. Wir drei halten gegen alle Redereien zusammen. Wenn es sie nicht gäbe – ich wüßte nicht, ob ich das alles so gut durchstehen würde.«

»Du mußt Philipp kennenlernen«, sagte Billa. »Ich glaube, daß du dich mit ihm gut verstehen wirst.«

»Dann können wir ja einen Dreierklub gründen«, bemerkte Karen froh.

»Ja«, bestätigte Billa.

Aus dem Dreierklub wurde zwar nichts – aber nur, weil Angela ihre älteren Rechte auf Billa geltend machte. Doch schließlich ging es zu viert noch besser. Und so waren Karen und Philipp, Billa und Angela bald eine eingeschworene Gemeinschaft.

Margit hatte bei alledem das Nachsehen, denn Billa war mittlerweile schon längst ein zweites Mal auf der Station umgezogen. In Karens Zimmer. Das, hatte sie gefunden, war sie der neuen Freundin, die von Margit so gekränkt worden war, schuldig. Schwester Annemarie teilte anscheinend ihre Meinung und hatte dem Umzug zugestimmt.

10

Billa war über vier Wochen im Krankenhaus, als sich der Viererklub auflöste.

Karen wurde entlassen. Zwar war ihre Hautkrankheit nur

unwesentlich besser geworden, aber die weitere Behandlung sollte zu Hause fortgeführt werden.

Zwei Tage später fuhr Angela mit ihrer Mutter für zwei Wochen in Urlaub.

Billa mußte wieder in ihr altes Zimmer, zu Margit und Esther ziehen. Sie tat es ausgesprochen widerwillig, denn Margit kostete ihre Rückkehr sehr aus und sparte nicht mit gehässigen Bemerkungen.

Aber einmal gezwungen, wieder miteinander auszukommen, hielt Margit bald ihren Mund, zumal sie merkte, daß eine Zimmergemeinschaft mit Billa häufigen Besuch von Philipp einbrachte. Das war natürlich ein Grund für Margit, sich gut mit Billa zu stellen.

Eines Tages kam Philipp zu den drei Mädchen ins Zimmer und brachte das Thema aufs Sommerfest.

»Sommerfest?!« fragte Margit erstaunt. Billa und Esther schauten neugierig auf.

»Übernächste Woche«, erklärte Philipp bereitwillig. »Und zwar im Rahmen des Sommertagsumzuges, der jedes Jahr stattfindet. Wißt ihr das noch nicht?«

Die Mädchen verneinten.

»Prima!« sagte Margit. »Gibt's da auch Musik und Tanz?«

»Musik auf jeden Fall. Getanzt wird weniger. Im allgemeinen findet das Ganze im Garten statt mit Spielen und Wettbewerben. Eigentlich ist es mehr ein Sommerfest für Kinder, da die meisten, die mitmachen können, kleinere Kinder sind. Aber Spaß hat es immer gemacht, auch für uns ältere.«

»Es hängt also von uns ab, ob getanzt wird oder nicht«, beharrte Margit. »Wo Musik ist, kann auch getanzt werden. Man muß nur damit anfangen. Und das werden wir tun, nicht wahr, Philipp?«

»Muß ich mir noch überlegen!«

»Ach komm, Philipp, sei kein Spielverderber. Du kannst doch tanzen, oder?« fragte Margit, hartnäckig beim gleichen Thema bleibend.

»Können schon«, antwortete Philipp und zwinkerte zu Billa und Esther hinüber. »Fragt sich nur, ob ich mit dir will!«

»Du bist wirklich unverschämt!« maulte Margit und wandte sich beleidigt ab.

»Ich hab' mich ein bißchen umgehört«, nahm Philipp das Thema wieder auf. »Wir vier sind die ältesten der ganzen Klinik. Viel Möglichkeiten bleiben da also nicht!« Als keine Erwiderung kam, fuhr er fort: »Letztes Jahr war ich beim Sommerfest auch dabei. Wir älteren haben Tischtennis gespielt, zusammen mit den Ärzten und Schwestern und allen, die Lust dazu hatten. Das war ziemlich gut. – Nun überleg' ich mir, ob wir dieses Jahr nicht ein richtiges Turnier veranstalten sollten, mit Ausscheidungskämpfen und einem Pokal für den Gewinner. Wie steht's denn mit euren Tischtenniskünsten?«

»Mies!« sagte Esther und klopfte mit dem Zeigefingerknöchel auf ihr Gipsbein.

»Einer muß ja Schiedsrichter sein«, tröstete Philipp, »und dabei ist ein Gipsbein kein Hinderungsgrund.«

Esther strahlte. »Dann bin ich dabei!«

»Und ihr beide?« fragte Philipp Margit und Billa.

»So la la«, zögerte Billa. »Ich hab' ein bißchen gespielt, bevor ich krank wurde.« Warum sie verschwieg, daß sie und ihre Freundin Angela die Besten ihres Vereins gewesen waren, wußte sie selbst nicht zu sagen.

Margit war Feuer und Flamme, mit der ihr üblichen Übertreibung. Sie hatte Philipps spaßhafte Weigerung, mit ihr zu tanzen, inzwischen vergessen und schrie: »Klasse Idee! Wie stellen wir das an?«

Philipp unterbreitete ihnen seinen Plan. Er schlug vor, ein Rundschreiben durchs ganze Haus gehen zu lassen, in dem das Tischtennisturnier angekündigt wurde.

Jeder, der Interesse hätte, solle sich namentlich eintragen.

»Danach müssen wir Gruppen bilden und das Los entscheiden lassen, wer gegen wen spielt. Das ist zwar nicht sehr gerecht«, schloß Philipp, »aber nicht anders zu machen. Nach Leistung können wir nicht einteilen, dazu ist die Zeit zu knapp. Andererseits hoffen, daß sich beim Sommerfest spontan Gruppen bilden, können wir auch nicht. Das muß schon ein bißchen organisiert werden.«

»Und wo kriegen wir den Pokal her?« fragte die praktisch denkende Esther, die wohl auch davon ausgehen mochte, daß sie als Schiedsrichterin dem Gewinner den Pokal überreichen durfte.

Philipp kratzte sich nachdenklich am Kopf. »Mhm«, murmelte er, »das ist ein Problem.«

»Den könnte Angela uns vielleicht besorgen«, sagte Billa nach einigem Überlegen.

Damit schien alles geklärt. Philipp freute sich, daß seine Idee Anklang gefunden hatte. Er eilte davon, um die ganze Angelegenheit noch einmal mit Schwester Annemarie zu besprechen und mit ihrem Einverständnis das Rundschreiben abzufassen.

Abends: als die drei Mädchen in ihren Betten lagen, dachte jedes auf seine Weise an das Sommerfest.

Margit ging in Gedanken ihre gesamte Garderobe durch. Eindruck mußte sie machen, das war klar. Da das kaum mit sportlichen Leistungen geschehen würde, mußte ein schickes Sommerkleid herhalten.

Esther war einfach glücklich, daß sie trotz ihres Gipses dabei sein konnte.

Billa war wohl am aufgeregtesten. Endlich konnte sie beweisen, wozu sie taugte. Im Tischtennis war sie gut; vielleicht würde sie nicht den Pokal gewinnen, aber auf den hinteren Plätzen würde sie auch nicht enden.

Am Tag des Sommerfestes strahlte bereits am frühen Morgen die Sonne vom Himmel. Das würde ein herrlicher Tag werden! Ärzte, Schwestern und nicht zuletzt die Kinder, sogar die kleinsten strahlten mit der Sonne um die Wette. Alle waren sich einig, daß heute ein besonderer Tag werden würde. Der Garten war kaum wiederzuerkennen. Um eine große freie Fläche, auf der gespielt und – jedenfalls nach Margits Vorstellungen – auch getanzt werden sollte, standen Tische und Stühle. Auf dem Rasen waren obendrein Decken und Matten ausgebreitet, um den Kindern Gelegenheit zu geben, dort zu sitzen. Schließlich war es ein Kinderfest. Tische und Stühle würden wahrscheinlich hauptsächlich von den Erwachsenen benützt werden.

Die Küche hatte ein kaltes Büfett angerichtet, das freilich von vielen, zu denen auch Billa gehörte, nicht benutzt werden durfte. Aber man hatte versucht, alles so wenig krankenhausmäßig wie möglich herzurichten.

In mühseliger Arbeit waren Kreppschleifen entstanden. Lampions hingen an Bäumen und Büschen, die meisten von Eltern gestiftet.

Nach dem Mittagessen ging es los. Auf dem großen Rasen tummelten sich Hunderte von Kindern, Eltern, Schwestern und Ärzten. Sie waren kaum zu unterscheiden. Man sah Schwestern in Jeans und Sommerkleidern, in Shorts und einige auch in piekfeiner Aufmachung. Nur Weiß trug heute niemand. Es wurde gespielt, gesungen und gelacht.

Absoluter Höhepunkt für die Kleinen war der abendliche Umzug mit bunten Lampions und vielen Liedern, für die Großen und Erwachsenen jedoch Philipps Tischtennisturnier. Aus Mangel an Tischtennisplatten hatten die Ausscheidungskämpfe bereits am Morgen beginnen müssen, so daß für das eigentliche Fest nur noch die besseren und damit spannenderen Kämpfe geblieben waren.

Billa war die Überraschung des Vormittags gewesen. Die ersten Kämpfe hatte sie mit Leichtigkeit gewonnen. Sie sonnte sich in der Anerkennung Philipps, der ihr immer wieder versicherte, daß sie Pokalsieger werden würde.

Das gleiche meinte auch Esther, die, wie versprochen, als Schiedsrichterin fungierte. Sie hatte ihre schönen roten Haare heute nicht geflochten; locker fielen sie ihr auf den Rücken. Hübsch sah sie aus – das stellte sogar Margit mit Neid in der Stimme fest.

Nach dem Abendessen waren die beiden letzten Kämpfe. Billa verlor haushoch gegen ihren Stationsarzt, der ihr hinterher im Vertrauen sagte, er habe noch vor zwei Jahren in der Bundesliga gespielt. Sie war nicht enttäuscht. Sie gewann den 2. Preis, war unheimlich stolz und nahm dankbar die vielen Glückwünsche entgegen.

Danach kam endlich auch Margit zu ihrem Recht, denn nach Beendigung des Turniers begannen einige der Erwachsenen zu tanzen. Nur den von ihr ersehnten Tänzer Philipp konnte sie nirgends finden. Der war spurlos verschwunden.

Sie kam der Wahrheit ziemlich nahe, als sie nach langem Suchen zu Esther ging und scheinbar verwundert sagte: »Ist doch ein bißchen komisch, daß ausgerechnet Philipp und Billa unauffindbar sind. Was die wohl miteinander treiben?«

Billa hatte sich nach ihrem Beinahe-Sieg überglücklich zu Philipp geflüchtet. »So, jetzt habe ich genug«, stellte sie atemlos fest, »und zum Tanzen habe ich erst recht keine Lust mehr! Wie steht's mit dir?«

»Nicht anders!« antwortete Philipp grinsend, und das konnte als Übereinstimmung gelten. Er nahm Billa bei der Hand und rannte mit ihr davon.

Billa ließ sich bereitwillig fortziehen. »Wohin gehen wir?« fragte sie neugierig.

Philipp wußte, daß sich in der dichten Umzäunung, die das gesamte Klinikgelände abschloß, ein Loch befand. Es war durch einen Busch versteckt und »absolut sicher«, wie er Billa mit spitzbübischem Blick verriet. »Wie findest du das?« fragte er erwartungsvoll. »Hier können wir durchklettern und sind die ganze Gesellschaft los.«

Billa, sonst kein Angsthase, war gar nicht recht wohl bei dem Vorschlag. Vorsichtig schaute sie sich um und flüsterte: »Wenn uns nun aber jemand von der Station gesehen hat? Das gibt sicher Krach, wenn wir allein das Klinikgelände verlassen!«

»Mensch, Billa«, bemerkte Philipp kopfschüttelnd, »seit wann bist du so ein Hasenfuß? Ich war schon oft hier. Kein Mensch ist jemals auf die Idee gekommen, mich hier zu suchen, wenn ich mal kurz von der Station weggegangen bin.«

»Na ja. . .«, gab Billa zögernd zu, »du darfst das ja auch. Aber ob sie bei mir auch so großzügig sind?«

»Es hat uns doch niemand gesehen! Die sind alle beschäftigt.« Das gab den Ausschlag. Billa begann die Sache nun langsam auch Spaß zu machen.

Lachend kletterten die beiden durch den Zaun, liefen in den angrenzenden Wald und setzten sich aufatmend auf einem Baumstamm nieder.

»Mein Stammplatz!« bemerkte Philipp.

»Wenn du schon öfters hier warst«, fragte Billa mit leiser Stimme, »bist du doch sicher nicht allein gewesen!?«

»Willst du wissen, ob ich schon mal ein Mädchen dabei hatte?«

Billa wurde knallrot. »Ich meine bloß, daß du doch sicher. . .«

»Ich habe noch nie ein Mädchen mitgenommen«, beteuerte er. »Bisher war das Loch im Zaun mein Geheimnis, jetzt ist es unseres!«

Billa war zuerst ungewohnt still. Dann fragte sie: »Warum hast du's mir denn jetzt verraten? Vielleicht erzähl' ich's weiter?«

»Bestimmt nicht!« erwiderte er überzeugt. »Denn wenn es unser Geheimnis bleibt, können wir vielleicht noch öfter hierherkommen.«

Da erwiderte Billa gar nichts mehr; Philipp hatte ja recht.

Es war schön, neben ihm zu sitzen. Weit entfernt hörten sie Musik und Stimmen, die vom Sommerfest herüberklangen. Sie redeten nicht viel, aber sie waren glücklich.

Als es kälter wurde, legte Philipp seinen Arm um Billa, und sie rutschte ein bißchen näher an ihn heran. Sie spürte seine Körperwärme, und das ließ ihr Herz klopfen.

Nach einer Weile fragte Philipp: »Woran denkst du, Billa?«

»Ich habe immer noch etwas Angst«, erwiderte sie beschämt. »In Gedanken sehe ich bereits die Polizei, die das ganze Klinikgelände nach uns absucht. Was die wohl tun werden, wenn sie uns nicht finden?«

»Gar nichts«, sagte Philipp lachend. »Weil ich nämlich auch glaube, daß es jetzt an der Zeit ist, uns wieder blicken zu lassen.«

Sie standen auf und gingen den Weg zurück. Kurz vor dem Zaun hielt Billa Philipp am Arm fest. »Ich muß dir noch was sagen, Philipp«, flüsterte sie leise.

Er blieb stehen und schaute sie aufmerksam an.

»Es war schön eben«, stotterte sie. »Und ich danke dir auch.«

»Wofür?«

»Dafür, daß ich dich kennengelernt habe«, sagte Billa und gab Philipp ganz schnell einen zärtlichen, abgerutschten Kuß aufs Ohr.

Er hielt still und faßte nach ihrer Hand. »Das habe ich mir gewünscht«, sagte er flüsternd. »Schon damals, als ich dich das erstemal sah. Bloß habe ich mir immer gedacht, ein so hübsches Mädchen wie du würde sich nicht mit einem Jungen wie mir einlassen!«

»Dummkopf!« erwiderte Billa liebevoll. Danach konnte sie nichts mehr sagen, weil Philipp seinen Wunsch in die Tat umsetzte, womit Billa durchaus einverstanden war.

11

Am nächsten Morgen wachte Billa früh auf. Das war ihr noch nie passiert. Mit klopfendem Herzen lag sie da und überdachte die Ereignisse des vergangenen Tages, und das war für sie etwas ganz Neues.

Dabei schaute sie ständig auf die Uhr. Konnte sich der Zeiger nicht heute ein bißchen schneller bewegen? Billa wünschte doch mit solcher Ungeduld den Zeitpunkt herbei, an dem sie endlich aufstehen und zu Philipp eilen konnte.

Ob er heute anders sein würde als sonst? Ob er versuchen würde, sie noch einmal zu küssen? Wünschte sie es? Billa dachte schnell an etwas anderes, denn obwohl sicher niemand ihre Gedanken erraten konnte, merkte sie, wie ihr das Blut ins Gesicht stieg.

Auf jeden Fall durften sie sich beide keine Veränderung anmerken lassen! Das mußte sie Philipp gleich nachher sagen. Doch der sehnsüchtig Erwartete, der sonst immer schon vor dem Frühstück bei den drei Mädchen aufzukreuzen pflegte, ließ sich heute nicht blicken. Wahrscheinlich war er ja in seinem Zimmer, das würde sie nachher merken. Vielleicht wollte er auch den neugierigen Fragen Margits aus dem Weg gehen, die nun Billa alleine ertragen mußte.

»Wo bist du denn gestern nach dem letzten Spiel plötzlich abgeblieben?« hatte Margit hämisch gefragt.

»Abgeblieben?« Billa hoffte, daß ihre Stimme nicht anders als sonst klänge. »Ich war doch im Garten!«

»Mit Philipp?«

»Er war auch da, natürlich!«

»Dann möchte ich wissen, wo ihr beide gesteckt habt!« sagte Margit unwillig. »Ich jedenfalls habe euch nicht gesehen.«

Billa handelte nach dem Motto, daß Angriff die beste Verteidigung ist. Anders konnte man Margit sowieso nicht beikommen. »Hättest deine Augen halt besser aufsperren müssen!« erwiderte sie patzig.

»Es hat euch aber auch sonst niemand gesehen«, bemerkte Margit mit vielsagendem Blick.

»So? Daran kann ich doch nichts ändern!«

»War's wenigstens schön?« fragte Margit provozierend.

»Hat's dir denn nicht gefallen?«

»Tu doch nicht so harmlos!« explodierte Margit. »Du weißt genau, was ich meine.«

Billa zuckte gleichmütig mit den Achseln, stand auf und ging aus dem Zimmer.

Aber Philipp war auch jetzt unauffindbar, obwohl Billa ihn in jedem Zimmer suchte. Statt seiner stand plötzlich Margit wieder vor ihr.

»Falls du Philipp suchst«, sagte sie gehässig, »kann ich dir vielleicht einen Tip geben. Es geht ihm nämlich nicht besonders!«

Billa brannten weitere Fragen auf den Lippen, aber sie ging wortlos davon. Dort hinten stand Schwester Annemarie, die würde ihr Auskunft geben können. Eilig rannte sie zu ihr hin.

»Wo ist Philipp?« fragte sie atemlos.

Schwester Annemarie hatte keine Zeit. »Du kannst nicht zu ihm, Billa«, sagte sie schnell. »Geh in dein Zimmer, spiel mit Margit Karten oder lies irgendwas.«

Das war gar nicht Schwester Annemaries Art. Billa spürte, daß irgend etwas nicht in Ordnung war. Aber wen sollte sie fragen, wenn schon Schwester Annemarie nicht willens war, ihr irgendwelche Auskünfte zu geben? Der Tag, der so schön begonnen hatte, war für Billa verdorben. Bekümmert schlich sie in ihr Zimmer.

Margit schaute ihr, eine Sensation witternd, entgegen.

»Hast du deinen Freund trösten können?« fragte sie böse.

»Ach, hör doch auf«, sagte Billa erregt.

»Ich meine ja bloß«, bohrte Margit weiter. »Schließlich heißt es immer, Liebe überwindet alle Schranken. Du bist doch in den Knaben verknallt, oder? Verknalltsein ist doch fast gleichbedeutend mit Liebe.«

»Du redest wirklich Blödsinn«, unterbrach Billa sie, aber sehr überzeugend klang das nicht. Es erschien ihr überflüssig, mit Margit über ihre Gefühle für Philipp zu diskutieren.

Margit spürte das und war verärgert. »Bist du jetzt in ihn verknallt oder nicht?« fragte sie wütend.

»Das geht dich gar nichts an!« antwortete Billa kalt. »Oder hast du etwa selbst Absichten?«

Margit brach in Hohngelächter aus. »Auf diesen Hinkebruder? Ich hab's nicht nötig, mir meinen Freund im Krankenhaus zu suchen, noch dazu so einen, der sich immer spritzen muß, um überhaupt leben zu können!«

Im nächsten Moment schlug sie sich erschrocken auf den Mund, als ihr bewußt wurde, was sie gesagt hatte. Ängstlich ging sie ein paar Schritte zurück.

Aber Billa sagte nur: »Spritzen muß ich mich auch – um leben zu können!«

Und damit war das Thema erledigt.

Bis es dunkel wurde, hatte Billa ausgekundschaftet, daß Philipp in ihrem alten Zimmer lag. Als sie sicher sein konnte, daß Margit und Esther schliefen, schlich sie sich heimlich hinaus. Leise öffnete sie die Tür zu ihrem alten Zimmer.

»Philipp!« rief sie.

»Tagchen«, sagte er grinsend. »Prima, daß du mich besuchen kommst!«

Billa schaute auf die vielen Infusionen, auf sein blutverschmiertes Gesicht. Die Nase war ausgestopft und unförmig breit, sein Gesicht weiß wie das Bettlaken.

»Mußt nicht so gucken«, sagte er. »Die Nase ist tamponiert – so nennt man das –, weil das Nasenbluten nicht aufhört. Und das Blut . . . Na ja, die Schwester macht's bestimmt gleich sauber, dann bin ich wieder hübsch.«

»Du sprichst so komisch«, sagte Billa, den Tränen nahe.

»Wie sprichst denn du, wenn man dir die Nase zuhält?« fragte Philipp, tapfer lächelnd.

»Ach, Philipp, du siehst so schrecklich aus, ich kriege richtig Angst. Was ist denn bloß los? Die Schwestern tun alle so wichtig, und keiner sagt einem was.«

Er schaute Billa ganz ernst an. »Magst du mich jetzt nicht mehr leiden, wenn ich so aussehe?«

Billa biß sich auf die Lippen, um die Tränen zu unterdrücken.

»Du kannst ruhig heulen«, sagte Philipp. »Das Heulen macht mir nichts. Weißt du, ich bin das schon gewöhnt. Wenn man so eine Krankheit hat wie ich, blutet es halt überall mal. In ein paar Tagen geht's mir wieder besser.«

Billa hielt es nicht mehr aus. Leise schluchzte sie vor sich hin. Dann hörte sie Philipps Stimme: »Du Billa?«

»Mhm.«

». . . daß wir uns hier kennengelernt haben, in der Klinik, finde ich prima, aber eigentlich auch schade. Weißt du, wenn es mir wieder gut geht, und du auch nach Hause darfst, müssen wir auch weiterhin zusammenbleiben, ja? Ich möchte so gerne mit dir tanzen gehen . . .«

Er brach ab, und es entstand eine lange Pause. Schließlich nahm Philipp das Flüstergespräch wieder auf. »Nach allem, was war – wenn ich jetzt hier so liege und überall hängt ein Schlauch . . . Eigentlich geht's mir ja doch ganz schön dreckig, obwohl ich das nie zugeben will. Trotzdem: Obwohl wir jetzt keinen Spaß miteinander haben, weil ich hier liegen muß, bist du gekommen. Das ist schön, Billa.«

Sie wollte irgend etwas Liebes, Tröstendes sagen. »Ich hab' dich gesucht, den ganzen Tag habe ich dich vermißt. Ich war schon ganz verzweifelt. Ich hab' dich lieb, Philipp!«

Er nahm ihre Hand, Billa legte ihren Kopf auf sein Bett und dachte: »Wenn jetzt Dutzende von Schwestern kämen und Margit dazu, mir würde es nichts ausmachen!«

60

Sie dachte an Patrick, an ihre Eltern und daran, daß sie krank war und ihre Krankheit nie wieder los werden würde. Zwischendurch sah sie in Gedanken Philipp, den lachenden Philipp, der mit seiner Krankheit genauso schlimm dran war wie sie und trotzdem immer fröhlich war. Sie sah aber auch den nachdenklichen Philipp, so wie er jetzt war, hundeelend und trotzdem noch optimistisch.

Und beide Philipps, der lachende und der kranke, waren ihr so lieb, wie sie es sich nie hätte erträumen mögen.

Billa mußte eingeschlafen sein, denn irgendwann wurde sie von Schwester Michaela geweckt. Sie stupste das Mädchen an.

»Geh in dein Bett, Billa«, sagte sie sanft.

Billa war sehr erschrocken, und schaute die Schwester fragend an. Schwester Michaela erriet, um was Billa sie bitten wollte.

»Ich werde den anderen nicht sagen, daß du hier warst. Ich werde auch nicht mir dir schimpfen. Aber geh jetzt in dein Bett. Philipp schläft, du kannst ganz ruhig sein. Nur eines mußt du mir versprechen: morgen wirst du mit Schwester Annemarie reden und ihr Bescheid sagen. Das tust du doch, nicht wahr?«

Billa nickte.

»Sie wird dich verstehen und dir erlauben, daß du Philipp besuchen darfst. Einverstanden?«

»Einverstanden!«

Das war das Ende dieses Tages.

Am nächsten Morgen, es war Samstag, überstürzten sich die Ereignisse. Als erstes wurde Billa zu Schwester Annemarie gerufen.

Wohl oder übel mußte sie hingehen. Die schlimmsten Vorstellungen geisterten in ihrem Kopf herum. Hatte Schwester Michaela doch etwas verraten? Waren Philipp und sie bei ihrem Ausflug gesehen worden?

Nichts von alledem. »Du darfst heim!« sagte Schwester Annemarie, als das Mädchen vor ihr stand.

»Um Gottes willen!« war Billas Reaktion.

»Aber Billa«, erwiderte Schwester Annemarie erschrocken. »Freust du dich denn nicht?«

»So plötzlich?!«

»Ach darum«, sagte Schwester Annemarie erleichtert, »wir haben es alle gewußt, auch deine Eltern«, fügte sie wie entschuldigend hinzu. »Wir wollten es dir erst kurz vorher sagen, um dir eine Enttäuschung zu ersparen, wenn es vielleicht nicht geklappt hätte.«

Danach ging alles so schnell, daß Billa es gar nicht recht mitbekam. Bereits vor dem Mittagessen kamen die Eltern, um sie abzuholen. In Windeseile wurden die Taschen gepackt. Beim Packen heulte Billa ein bißchen, gemeinsam mit Esther, der der Abschied von Billa nach so langer Zeit der Zimmergemeinschaft schwerfiel. Margit äußerte sich nicht. Die Flennerei der beiden ging ihr auf den Wecker. Ihr würde das bestimmt nicht passieren, wenn sie »diesen alten Stinkladen« verlassen konnte.

Aber Esther drückte aus, was auch Billa empfand. »Wie soll man nicht heulen«, sagte sie traurig, »wenn man nach so langer Zeit endlich nach Hause darf. Schließlich war die Klinik ziemlich lange unser Zuhause.«

Schwester Annemarie nahm Billa in den Arm und sagte: »Ich hoffe, es hat dir ein bißchen bei uns gefallen. Wir haben uns zumindest darum bemüht. Du warst aber auch wirklich eine Musterpatientin.«

Billa kollerten bei diesem Lob bereits wieder die Tränen. »Vielen, vielen Dank für alles«, stammelte sie und rannte davon.

Dann saß sie im Auto und schaute ein letztes Mal auf die Klinik zurück, diesen gewaltigen Komplex, in dem sie beinahe sechs Wochen gelebt hatte.

»Wenn ich diesen riesengroßen Bau so anschaue«, sagte sie

schniefend zu ihren Eltern, »kann ich gar nicht verstehen, daß ich so heulen muß. Sieht doch direkt furchterregend aus.«

»Weißt du noch, wie wir dich hierhergebracht haben?« fragte Herr Paulsen.

»Mit einer Magenverstimmung«, nickte Billa. »Ich war fest überzeugt, sie würden mich am nächsten Tag wieder nach Hause schicken. Nun sind sechs Wochen draus geworden.«

»War's sehr schlimm?«

»Nein!« erwiderte Billa überzeugt. »Schön war's. Sehr schön sogar, wenn man die Spritzerei und die vielen Untersuchungen abzieht.«

Und da fiel ihr Philipp ein. Ihn hatte sie im Trubel der sich überstürzenden Ereignisse, in der Hetze des Vormittags beinah vergessen.

Erschrocken griff sie nach dem Arm ihres Vaters. »Von Philipp habe ich mich nicht verabschiedet«, entfuhr es ihr.

»Ist das der Bluter mit den langen Haaren?« fragte Frau Paulsen.

Herr Paulsen verlangsamte das Tempo. »Sollen wir zurückfahren?«

Billa zögerte. Würde das einen Sinn haben? Wahrscheinlich durfte sie sowieso nicht zu Philipp, zumindest nicht, ohne lange Erklärungen abzugeben.

»Ruf ihn doch an, wenn du zu Hause bist«, schlug ihre Mutter vor. »Schließlich ging alles so Hals über Kopf, er wird das verstehen.«

Billa stimmte bereitwillig zu. Klar, sie würde in ein paar Tagen anrufen – wenn es ihm wieder gut ginge.

12

Herrlich war es, wieder zu Hause zu sein! Billa hatte das Gefühl, sie sei monatelang fortgewesen. Sie streunte im ganzen Haus herum, mußte in jede Ecke schauen, alles befühlen und bewundern.

Billas Mutter hatte die Entlassung ihrer Tochter sorgfältig vorbereitet. Billa fiel auf, daß sie nirgendwo etwas Süßes entdecken konnte.

Plötzlich mußte sie lachen. Im Wohnzimmer steckten in der Obstschale, die sie vor ihrer Krankheit oft geplündert hatte, in bunter Reihenfolge Mohrrüben, Kohlrabi. . .

»Ein Stilleben aus Grünfutter«, bemerkte Patrick ironisch. Sonst war er heute außergewöhnlich liebevoll.

Frau Paulsen deutete auf die Schale und legte den Arm um Billa. »Das ist für dich – zum Sündigen! Es sind alles Sachen, die du auch außerhalb der Reihe mal essen darfst!«

Billa kamen vor lauter Rührung schon wieder die Tränen. »Oh, Mutti«, sagte sie dankbar, »ihr seid so lieb.«

»Es ist natürlich auch für uns«, fügte Frau Paulsen schnell hinzu. »Wir haben nie bedacht, wie gesund es ist, rohes Gemüse zu essen!«

»Es enthält so viele lebenswichtige Vitamine«, sagte Patrick grinsend.

»Vorher habt gerade ihr beide haufenweise Süßigkeiten gefuttert«, fuhr Frau Paulsen unbeirrt fort. »Das ist jetzt vorbei!«

Ein Seitenblick in Patricks Richtung folgte. Er hatte gerade wieder etwas sagen wollen, aber der Blick der Mutter ließ ihn verstummen.

Das ist doch etwas ganz anderes als die Klinik, dachte Billa. Wie schwer war es ihr oft gefallen, den anderen beim Essen von Schokolade oder Bonbons zuzuschauen. Sie war dankbar, daß ihre Eltern versuchten, ihr die durch ihre Krankheit bedingten Opfer zu erleichtern.

Sie wollte, als sie das dachte, dem Krankenhaus keinen Vorwurf machen. Da war es natürlich gar nicht möglich gewesen, auf alle Opfer, die der einzelne durch seine Diät bringen mußte, in dieser Weise Rücksicht zu nehmen. Aber um so glücklicher war sie, daß sie jetzt wieder zu Hause sein durfte.

Nach dem Mittagessen meldete sich der erste Besuch.

Von da an klingelte es unaufhörlich. Billa hatte das Gefühl, daß alle Nachbarn, Freunde und Bekannte nur auf ihre Rückkehr aus der Klinik gewartet hätten. Sie kamen, einer nach dem anderen, ob erwünscht oder unerwünscht, brachten haufenweise Blumen, Obst, Konfekt und stellten immer wieder die gleichen Fragen.

»Warum warst du im Krankenhaus?«

»War es sehr schlimm?«

Billa gab stets die gleichen Antworten, sie konnte sie schon bald auswendig herunterleiern und amüsierte sich köstlich.

»Du, Mutti«, sagte sie kopfschüttelnd, als sie gerade allein waren, »die haben alle eine Meinung über das Krankenhaus! Denken, es ist eine Art Gefängnis, in dem man den Tag im Bett verbringen muß und kaum sein Zimmer verlassen darf!«

»So war es wohl früher«, gab Frau Paulsen zur Antwort. »Erinnere dich, wie erstaunt ich war, daß ihr ungehindert in jedes Zimmer der Station durftet, daß du sogar die Klinik verlassen konntest. Das gab es früher nicht!«

»Bin ich froh, daß ich nicht vor zehn Jahren ins Krankenhaus gemußt habe«, seufzte Billa.

Eine halbe Stunde später erschien sie erneut kopfschüttelnd bei ihrer Mutter in der Küche.

»Na, Billa«, neckte Frau Paulsen, »du kommst ja heute aus dem Wundern nicht mehr heraus! Was gibt's denn nun?«

Billa war nicht mehr amüsiert, nur wütend und ein bißchen

deprimiert. »Was soll eigentlich diese ganze blöde Fragerei?«
sagte sie aufgebracht. »Dazu diese mitleidigen Gesichter – das
kann ich bald nicht mehr ertragen!«

Frau Paulsen erschrak. »Wir machen einfach nicht mehr auf,
wenn es das nächstemal klingelt«, erwiderte sie entschlossen.
Aber Patrick stand bereits in der Tür und kündigte den
nächsten Besucher an.

»Deine Popularität übersteigt alle Grenzen«, frotzelte er.
»Darf ich das Fräulein bitten, sich dem nächsten Besucher zu
zeigen?« Mit einer eleganten Verbeugung machte er Billa den
Weg frei.

»Schick sie alle auf den Mond«, knurrte die und blieb stur
stehen. Eifrig machte sie sich in der Küche zu schaffen und sah
nicht einmal auf, als Frau Schmitt, die Nachbarin, hereinkam.
»Die Billa ist ja wieder zu Hause!« hörte Billa eine nur zu
bekannte Stimme. »Das ist aber eine Überraschung!«

Frau Schmitt reichte Billa die Hand. »War's schlimm im
Krankenhaus?« fragte sie. Als Billa keine Antwort gab, fuhr
sie eifrig fort: »Warum warst du eigentlich so lange fort? Man
hört so gar nichts.«

»Dumme Kuh!« flüsterte Patrick Billa zu. »Das ist wirklich
der Gipfel! Tut, als ob sie von nichts wisse!«

»Ich habe einen Diabetes«, sagte Billa unwillig.

»Ach, ist das etwas Schlimmes? Ich verstehe gar nichts von
Medizin... Mittlerweile bist du allerdings wieder gesund,
oder? Ein bißchen blaß siehst du zwar aus, aber...«

»Ich muß Diät leben und mich jeden Tag spritzen«, erwiderte
Billa wie auswendig gelernt.

Fassungslos fragte die Frau: »Ja, wie, und so kann man
leben?!«

»Man kann«, sagte Billa tonlos, »sonst würde ich schließlich
nicht hier stehen!«

Kopfschüttelnd wandte sich Frau Schmitt an Billas Eltern.
»Nimmt sie mich auf den Arm?«

Herr Paulsen reagierte sehr unwillig. »Finden sie das zum Scherzen?« fragte er nachdrücklich.

»Nein, nein«, sagte die Nachbarin entschuldigend, »ich kann es nur nicht glauben.« Fluchtartig verließ sie das Zimmer. »Tut mir leid, wenn ich dich gekränkt habe«, murmelte sie im Hinausgehen.

»Es tut ihr leid«, bemerkte Patrick, »aber ich garantiere dafür, daß sie innerhalb kurzer Zeit an der Strippe hängt und alle informiert, die es noch nicht wissen sollten. Das ist doch eine Sensation für solche Klatschbasen!« Billa hörte ihn gar nicht. Sie stand am Fenster, schaute der Nachbarin nach und heulte.

»Hör auf zu heulen«, sagte ihr Vater sanft, »ich verspreche dir, wir lassen niemanden mehr rein. Das war alles ein bißchen viel für dich, die schnelle Entlassung, die Freude, wieder zu Hause zu sein, und nun diese vielen Besucher.«

»Ach was«, wehrte Billa ab, »es hat mir ja Spaß gemacht, daß sie alle an mich gedacht haben und extra vorbeigekommen sind. »Aber«, schluchzte sie, »was sollen diese mitleidigen Blicke, was sollte diese Frage eben bedeuten: So kann man leben? Das kann ich nicht ertragen! – Schwester Annemarie hat gesagt, ich hätte Zucker. Das ist nichts Schlimmes, sagte sie. Du mußt dich spritzen, Diät leben, aber sonst bleibt alles, wie es war. Von Mitleid hat sie nichts gesagt, und davon, daß ich schwer krank wäre, auch nichts. Ich hab' beinah' das Gefühl, sie wollten Abschied nehmen, weil ich sowieso bald sterbe!«

»Aber Billa, nun übertreibst du aber.«

»Klar übertreibe ich«, gab Billa zu. »Nur, im Krankenhaus war das alles ganz anders. Da habe ich nie Blumen bekommen, bloß weil ich Zucker habe!«

»Die Blumen und alles andere hast du bekommen, weil du nach so langer Zeit wieder zu Hause bist.«

»Sagst du«, schluchzte Billa, »aber das stimmt nicht. Die ganzen Geschenke sollen ein Trost für mich sein. So nach dem

Motto: Hier, Billa, du bist jetzt nicht mehr ganz richtig – dafür habe ich dir etwas mitgebracht.«

»Das wird sich mit der Zeit schon legen«, tröstete die Mutter.

»Du kannst von den Leuten nicht erwarten, daß sie so tun, als sei nichts gewesen.«

»Nein! Aber sie sollen auch nicht so tun, als ob ich sterbenskrank wäre!«

Billa ließ sich nur schwer beruhigen. Leise schluchzte sie vor sich hin. Wie anders hatte sie sich den ersten Tag zu Hause vorgestellt.

Beim Abendessen war Billa wieder einigermaßen ausgeglichen.

Dafür war Frau Paulsen wütend. »Wieviel Mühe habe ich mir gegeben, das gesamte Haus von Süßigkeiten zu befreien«, seufzte sie mit einem Blick auf die vielen Konfektschachteln. »Nun schaut euch die Bescherung an!«

»Kommt alles in mein Geheimfach, nur her damit«, murmelte Patrick, klemmte sich das Konfekt unter den Arm und wollte in sein Zimmer verschwinden.

»Kommt gar nicht in Frage!« sagte Herr Paulsen streng. Er hielt seinen Sohn zurück. »Was redest du da für einen Blödsinn! Geheimfach!? Bei uns gibt es kein Geheimfach für Süßigkeiten!«

»Ich habe doch keinen Diabetes«, maulte Patrick.

»Du weißt, was wir ausgemacht haben«, wies ihn die Mutter zurecht.

»Schöne Suppe habe ich mir da eingebrockt«, murmelte er, aber gerade so leise, daß es die Eltern nicht hören konnten.

Doch Billa mußte erleben, daß Patrick noch des öfteren zurechtgewiesen werden mußte.

»Zur Feier des Tages«, sagte er erwartungsvoll nach dem Abendessen, »gibt's heute bestimmt eine Flasche Sekt!«

»Aber Patrick«, erwiderte Frau Pauslen. »Was haben wir ausgemacht?«

Billa hatte heute schon mindestens dreimal gehört, daß zwischen den Eltern und Patrick etwas ausgemacht worden war. Immer war es dieser mahnende Blick, dieses »Aber Patrick«, dem die maulende Zustimmung des Bruders folgte.

»Was habt ihr eigentlich ausgemacht?« fragte sie neugierig.

»Daß wir alle ein bißchen kürzertreten werden«, erklärte ihr Vater. »Auch Patrick wird sich daran gewöhnen müssen, daß es in Zukunft keine Süßigkeiten, keinen Nachtisch, keinen Sekt gibt. Zumindest so lange nicht, bis du dich vollends eingelebt hast und allen Versuchungen widerstehen kannst.«

Billas Mutter nickte zustimmend. Billa selbst empfand das als ganz natürlich. War doch eigentlich klar, daß die Familie helfen wollte, daß sie sich möglichst problemlos an das neue Leben gewöhnte.

Sie warf einen schnellen Blick auf Patrick. Sein finsteres Gesicht sprach Bände. Aber Billa konnte sich einer gewissen Schadenfreude nicht erwehren. Wie oft hatte er ihr arg zugesetzt, sie geärgert und gedemütigt – das war jetzt ihre kleine geheime Rache. Sollte er ruhig ein bißchen verzichten, es war immer noch weniger, als sie es mußte.

Sonntag morgen klingelte der Wecker unerbittlich um 6 Uhr, Billas üblicher Aufstehzeit, seit sie krank war. Es war am letzten Abend spät geworden, Billa nahm das Rasseln nur undeutlich wahr, drehte sich auf die andere Seite und wollte weiterschlafen.

Die Mutter war hartnäckiger. Sie packte sie an den Schultern und schüttelte sie hin und her.

»Aufhören!« schrie Billa.

»Aufstehen!« schrie die Mutter zurück.

»Noch ein halbes Stündchen«, bettelte Billa.

»Aber Billa«, sagte die Mutter nur.

Da stand Billa auf, sie wußte ohnehin, daß alles Betteln vergebens war.

Als sie fertig angezogen war, sich gespritzt und gefrühstückt hatte und in der Küche saß, war sie schlechtgelaunt und müde. Der Vater und Patrick schliefen noch, nur die Mutter leistete ihr Gesellschaft.

Billa wollte die beiden wecken. »Ich geh' jetzt Vati wecken«, sagte sie.

»Laß ihn schlafen«, erwiderte Frau Paulsen. »Der Sonntag ist der einzige Tag, an dem er ausschlafen kann.«

»Und ich?« knurrte Billa böse. »Wann darf ich mal ausschlafen?«

Wie sehr vermißte sie an diesem Morgen die Klinik, die Geschäftigkeit am frühen Morgen. Sicher, sie war auch dort immer unwillig aufgestanden, aber da hatten es alle tun müssen, da war sie keine Ausnahme gewesen. Hier, zu Hause, war das etwas ganz anderes. Wenn sie aus dem Fenster auf die sonntäglich verschlafene Straße schaute, verging ihr alle Lust, irgend etwas anzufangen. Statt dessen stritt sie mit der Mutter herum. »Scheißaufsteherei!«

»Ich hoffte, du hättest dich in den letzten Wochen ans frühe Aufstehen gewöhnt«, seufzte Frau Paulsen.

»Daran gewöhnt man sich nie.«

»Aber in der Klinik mußtet ihr doch auch immer so früh aus den Betten?!«

»Das war ganz was anderes«, erwiderte Billa vorwurfsvoll. »In der Klinik war dann auch schon immer was los. Aber hier. . . Guck doch bloß aus dem Fenster. Wie ausgestorben. Kein vernünftiger Mensch kriecht am Sonntag vor 9 Uhr aus den Federn.«

»Ich hab' es getan!«

»Na ja, du. . .«

»Ich zähle wohl nicht für dich?« fragte Frau Paulsen sanft.

»Doch, natürlich«, antwortete Billa ungeduldig, »trotzdem ist mir sterbenslangweilig, das werde ich wohl noch sagen dürfen.«

Auch als der Vater und Patrick endlich aufstanden, besserte sich Billas Laune kaum.

Der Vater schnitt das Thema »Schule« an. Er tat so, als bemerke er die schlechte Laune seiner Tochter gar nicht. »Montag in einer Woche fängt die Schule wieder an«, begann er. »Das trifft sich gut, meinst du nicht, Billa? Da versäumst du nichts.«

»So bald schon!« maulte Billa.

»Hast du gedacht, du könntest noch bis Weihnachten privatisieren?« warf Patrick schadenfroh ein.

»Halt den Mund!«

»Etwas anderes bleibt dir auch nicht erspart«, fuhr Herr Paulsen fort. »Ich habe vorgestern mit Dr. Bär, deinem Klassenlehrer, telefoniert und einen Termin vereinbart. Wahrscheinlich wäre es das beste, wenn du mitgingst. Es gibt da ja einiges zu besprechen. . .«

»Was denn?«

»Nun, z. B. deine Essenszeiten. . .«

»Die fallen in die Pausen, das haben wir extra so gemacht.«

»Sicher, aber du darfst nicht vergessen, daß du vorläufig jeden Freitag in die Klinik zur Diabetiker-Sprechstunde kommen sollst. Die fällt in die Schulzeit, zumindest teilweise. Außerdem halte ich es für notwendig, deine Schule so weit wie möglich zu informieren. Man weiß nie, was passieren kann. Die Klinik hat das auch empfohlen.«

»Ist schon gut«, wehrte Billa ab. »Ich geh' ja mit. Am liebsten wär's mir, wenn der Bär auch gleich die Klasse informierte. Ein bißchen mulmig ist mir nämlich bei dem Gedanken, daß ich das wahrscheinlich selbst tun muß.«

»Aber, Billa«, lächelte Herr Paulsen, »du hast doch nicht etwa Angst?«

»I wo, keine Angst. Bloß ein bißchen Kribbeln vor den Fragen, die sie stellen werden...«

»Ja und noch etwas...« sagte Herr Paulsen schließlich, und man merkte, daß es ihm schwerfiel weiterzusprechen.

»Das wäre?«

»Tischtennis«, erwiderte der Vater. »Klar, daß du weiter spielen wirst – das sollst du sogar. Aber mit Fahrten mußt du in nächster Zeit ein bißchen kürzertreten, das hast du dir wahrscheinlich schon gedacht. Wann habt ihr denn das nächste Training?«

»Mittwoch.«

»Besprich das am besten gleich mit eurem Trainer. Sicher wirst du das selbst machen wollen.«

Billa sprang entsetzt auf. »Aber wieso denn das?«

»Billa, du kannst doch mit deiner Spritzerei und dem Essen nicht zwei-drei Tage fortfahren, wie es bisher üblich war. Das mußt du dir doch gedacht haben.«

»Habe ich nicht«, schrie Billa. »Was bleibt mir dann eigentlich noch zum Spaßhaben?«

»In 5–6 Monaten sieht alles ganz anders aus. Da reden wir dann noch mal drüber.«

»Versprechungen, nichts als Versprechungen!« schrie Billa. »Nichts wird mir mehr gegönnt, alles nimmt man mir weg!«

»Aber Billa«, sagte Herr Paulsen, »ich kenne dich gar nicht wieder. Wo ist deine sprichtwörtlich gute Laune, dein Gleichmut, der uns in den letzten Wochen so gefreut hat? In der Klinik warst du ganz anders.«

»In der Klinik, in der Klinik« schrie Billa, »ich wünschte, ich wäre noch dort. Da war ja auch alles ganz anders. Keine mitleidigen Nachbarn, kein mürrischer Patrick, dem ich nicht passe. Kein Gespräch mit Dr. Bär, kein Tischtennis, auf das ich verzichten soll.«

»Du sollst nicht aufs Tischtennis verzichten!«

»Wenn ich zu Auswärtsspielen nicht mitfahren kann, bleibe ich gleich ganz weg.«

»Ach, Billa«, sagte der Vater, »sei doch nicht so entsetzlich ungeduldig. Du kannst doch nicht erwarten, daß von heute auf morgen alles so läuft, wie du es vielleicht erwartet hast.« Billa knallte ihr Buch auf den Tisch und rannte unbeherrscht aus dem Zimmer. »Ich geh' zu Angela!«

13

Erster Schultag für Billa. Erster Schultag nach den Sommerferien auch für die 40 Jungen und Mädchen, die mit ihr gemeinsam ins Klassenzimmer stürmten. Laut äußerten sie ihren Unmut darüber, daß die »blöde Penne« wieder losgehe und die sechs Wochen herrlicher Unbeschwertheit ohne Lernerei so schnell vergangen seien.

Nach dem üblichen anfänglichen Durcheinandergeschrei fanden sich schnell wieder diejenigen, die auch im letzten Schuljahr beisammen gewesen waren. Neuhinzugekommene hatten vorläufig noch das Nachsehen.

Billa wurde von ihrer alten Clique mit lautem Hallo begrüßt. Auch ihre Tischtenniskollegin Ulrike gehörte dazu. »Klasse, daß du noch versetzt worden bist!«

»Du hast dir deine Krankheit zur richtigen Zeit geholt, Billa!« Billa lächelte etwas gequält. Sie wußte nicht, wieviel ihre Klassenkameraden von ihrer Krankheit erfahren hatten und wie sie sich verhalten solle.

Schon kam die erste Frage. »Was hast du eigentlich? Stimmt es, daß du die ganzen Sommerferien im Krankenhaus gelegen hast?« fragte Beate. Billa gab zögernd Antwort. »Ich habe einen Diabetes«, sagte sie unsicher. Sie benutzte mit Absicht den medizinischen Ausdruck, den sicher niemand kannte. Das klang einigermaßen gut – wie mies würde dagegen das Wort »Zucker« klingen.

Sie verfehlte ihre Wirkung nicht.

»Was hast du?«

»Wie heißt das?«

»Was bedeutet das?«

»Och, nichts besonders Schlimmes«, gab Billa zu, »ich darf halt nicht mehr alles essen, muß mich spritzen . . .«

Das Letzte war fast geflüstert.

»Sprich doch lauter«, schrie Beate. »Was mußt du?«

Billa wurde puterrot, etwas, das ihr früher nie passiert war. Da hatte sie nichts aus der Fassung bringen können.

Angela musterte sie aufmerksam und übernahm schließlich das Gespräch. »Billa muß sich Insulin spritzen«, erklärte sie an ihrer Stelle. »Das ist ihre Krankheit, ihr fehlt Insulin.«

»Wohin spritzt du dich denn?« fragte Klaus neugierig.

»In den Oberschenkel, manchmal auch in den Arm.«

»In die Vene?!«

»Nein, in den Muskel. Einfach so, halt rein!«

Die anderen konnten das nicht verstehen. »Du meinst, daß du gespritzt wirst«, erwiderte Katja, Billas Banknachbarin zur Linken.

»Du hast doch gehört, daß sie sich selbst spritzt«, sagte Angela stolz, als wenn sie die Gefragte wäre.

Katja schüttelte sich. »Igittigitt! Das muß man allein machen? Ist das nicht gefährlich?«

»Warum soll es denn gefährlich sein?« bemerkte Michael. »Wenn Billa deswegen gerade sechs Wochen im Krankenhaus gelegen hat, wird sie schon gelernt haben, es richtig zu machen!«

»Woher willst du das denn wissen«, schnauzte Katja.

»Tu nicht so, als ob du mehr davon verstündest als ich!«

»Mensch, hört doch mit euren Streitereien auf«, fuhr Beate dazwischen. »Das ist doch uninteressant. Viel wichtiger ist: Gehen wir heute nach der Schule in die Eisdiele?«

»Endlich ein vernünftiges Wort«, stimmte Ulrike zu. Sie warf Billa einen unfreundlichen Blick zu. Immer schaffte sie es, im Mittelpunkt zu stehen. »Also abgemacht?« fragte sie.

Alle nickten, Billa und ihre Krankheit wurden beiseitegeschoben, man sprach von anderen Dingen.

Billas erste Begegnung mit den Klassenkameraden war überstanden. Aber die Angst vor weiteren Fragen bohrte in ihr. Sie hielt sich an Angela, die Einzige, die ihr dabei helfen konnte.

Nach der Schule traf man sich in der Eisdiele, keine zehn Schritte von der Schule entfernt. Sie war seit eh und je Treffpunkt nach der Schule und angenehmer Zeitvertreib für ausgefallene Schulstunden.

»Einmal Eiskaffee«, sagte Ulrike.

»Zwei Cola.«

»Ein kleines Eis mit viel Sahne«, bestellte Beate und rollte angesichts der sie erwartenden Gaumenfreuden genußvoll mit den Augen.

»Ein großes Eis mit viel Sahne«, konterte Katja.

»Ein Früchtebecher!!«

»Ein Mineralwasser«, sagte Billa leise und brachte die Worte kaum über ihre Lippen.

Sie erntete staunende Blicke und einen sich anschließenden Heiterkeitserfolg bei allen Mädchen. Was nützte es da, daß Angela nur aus Freundschaft auch Mineralwasser bestellte.

Dr. Bär war krank. Er wurde von einem Kollegen vertreten, der dafür bekannt war, daß er seine Stunden stets um die Pausenlänge und manchmal noch um etwas mehr überzog. Für die gesamte Klasse ein Grund zum Schimpfen – für Billa jedoch noch mehr. Sie hatte durch die fehlenden Pausen keine Zeit, ihr 2. Frühstück zu essen. Sie tat es heimlich – unter der Bank, war ungeschickt und wurde erwischt.

Der Lehrer wußte nichts von ihrer Krankheit, war verständlicherweise wütend und schnauzte sie wegen der Ungehörigkeit an. »Die Stunde ist beendet, wenn ich mit meinem Unterricht aufgehört habe! Keine Sekunde früher! Verstanden?!«

Billa wurde mal wieder knallrot und schluckte die angekauten Bissen krampfhaft herunter.

Am nächsten Tag wiederholte sich die Szene, diesmal weitaus unfreundlicher von seiten des Lehrers. Er holte sie nach vorn, um sie vor allen lautstark zurechtzuweisen.

Die gesamte Klasse griente. Billas heimliches Essen bewirkte eine willkommene Unterbrechung des Unterrichts. Helfen tat ihr keiner. Warum auch!? Jeder dachte, daß Billa es vor lauter Hunger nicht mehr habe aushalten können, daß sie Langeweile gehabt habe oder daß sie ganz einfach habe provozieren wollen.

Keiner aus der Klasse wußte, daß Billas heimliche Esserei eine Notwendigkeit für sie war. Schließlich hatte sie fast alles, was mit ihrer Krankheit zusammenhing, erfolgreich verschweigen können.

Die Folgen für Billa waren eine Strafe des jähzornigen Lehrers, der ihr trotziges Schweigen falsch deutete.

Angela ergriff schließlich die Initiative und erklärte dem Lehrer, warum Billa ihr Brot essen mußte.

Dem Lehrer war das sehr unangenehm. Ihm fiel jetzt ein, daß er sehr wohl in einer Konferenz von diesem Mädchen gehört, es aber einfach vergessen hatte.

Billa stand stocksteif dabei und brachte kein Wort über ihre Lippen. Sie hätte lieber die Strafarbeit übernommen, als der ohnehin grinsenden Klasse Stoff für Tuscheleien und Kichereien zu geben.

In der Klinik war ihr Diabetes nichts Aufsehenerregendes gewesen – eine Krankheit unter vielen, zum Teil noch schlimmeren. Da gab es Kinder, die seit Jahren bettlägerig waren, die monatelang in Gips lagen, sogar Kinder mit unheilbaren Erkrankungen. Im Gegensatz zu ihnen ging es

Billa mit ihrem Diabetes glänzend, sie konnte herumlaufen, spazierengehen, fühle sich obendrein kerngesund.

Und das war sie ja eigentlich auch, wenn man einmal davon absah, daß sie sich spritzen und Diät leben mußte. Seit sie aber aus dem Krankenhaus entlassen worden war, in der einen kurzen Wochen bis Schulbeginn und auch noch später, hatte sie sehr verschiedene Reaktionen auf ihr Kranksein erfahren müssen. Übermäßige Freundlichkeit von allen Seiten, die liebevolle Rücksichtnahme ihrer Eltern, die gezwungene Patricks. Ein außergewöhnliches Entgegenkommen in ihrem Tischtennisclub, obwohl die Nachricht, daß sie bei Auswärtsspielen nicht mehr dabei sein konnte, für alle ein Schock gewesen sein mußte. Und Mitleid, immer wieder Mitleid.

Keine einzige dieser ganzen Reaktionen war normal gewesen. Nicht einer, der Billa wie einen gesunden, vollwertigen Menschen behandelte, wie sie es erwartete und haben wollte. Kein einziger, der Billas Verhalten nicht plötzlich bei allem und jedem entschuldigte.

Zum Beispiel die Metzgersfrau, die sich früher den Mund fransig geredet hatte über diese »großmäulige Paulsen-Tochter, die es immer versteht, sich in den Vordergrund zu schieben«. Seit sie von Billas Krankheit wußte, war sie die Freundlichkeit in Person und bediente Billa immer bevorzugt. Warum?

Oder zum Beispiel Andreas, ihr Tischtennistrainer. Seit Billa in seiner Mannschaft spielte, hatte er Woche für Woche an ihr herumgemäkelt. Billa war eine gute Spielerin, sehr angriffsfreudig und kraftvoll. Aber von jeher war sie schusselig gewesen, gab schnell auf und vernachlässigte über dem Angriffs- das Verteidigungsspiel. Plötzlich war ihre Spielweise anscheinend gut genug. Am letzten Mittwoch beim Training hatte sie unkonzentrierter als je zuvor gespielt, aber Andreas' gewohnte Kritik blieb aus.

Warum? Weil sie für die Mannschaft sowieso nicht mehr voll zählte?

Oder schließlich Patrick, der zwar immer noch mit ihr stritt (oft genug fing sie auch von selbst an), bei dem sie aber wieder und wieder das Gefühl hatte, er behandle sie seit ihrer Krankheit wie ein rohes Ei. Mit einem schuldbewußten Blick auf seine Eltern brach er den Streit meistens ab und ging davon. Das war früher nie passiert. Warum also jetzt?

Die Zahl derer, die Billa gegenüber ihr Verhalten änderten, wenn sie von ihrer Krankheit erfuhren, war groß. War es da nicht verständlich, daß Billa sich danach sehnte, wie ein gesunder Mensch behandelt zu werden? Und daß sie sich mühte, ihre Krankheit so weit wie möglich zu verschweigen, um damit den früheren Zustand herbeizuführen, zumindest was das Verhalten ihrer Umwelt anbelangte?

14

Billa hatte Besuch von Angela und einigen Freunden aus der Tischtennisclique. Seit ihrer Entlassung aus der Klinik waren vier Wochen vergangen. An Karen hatte sie, trotz ihrer Versprechungen im Krankenhaus, keine einzige Zeile geschrieben. Manchmal mußte sie an Philipp denken – mit einem seltsamen Gemisch aus zärtlichen Gefühlen und schlechtem Gewissen. Er war ein netter Kerl gewesen, sie hatte ihn sehr gemocht. Aber dachte er überhaupt noch an sie? Vielleicht war er schon längst entlassen und hatte ein anderes Mädchen? Vielleicht war Billa für ihn nur eine vorübergehende Bekanntschaft im Krankenhaus, mit der man ein bißchen schmusen konnte. Wenn Billa ganz ehrlich war, dann war ihr klar, daß das nicht stimmte. Ein Junge wie Philipp hing sich nicht an das nächstbeste Mädchen, um es nach fünf Wochen aus seinen Gedanken zu verdrängen. Sicher war er traurig und wartete darauf, daß sie anrief.

Aber sie tat es nicht, obwohl seine Adresse und Telefonnummer zusammen mit Karens Anschrift in ihrem Notizbuch standen. Sie steckte das Notizbuch im Gegenteil ganz hinten in die unterste Schublade.

Sie wollte ihn nicht sehen. Er gehörte zu einem Kapitel in Billas Leben, das sie möglichst daraus streichen wollte.

Doch an diesem Nachmittag klingelte es. Billa stieß Peter an, der direkt an der Tür saß. »Mach mal auf!«

Er ging nach oben, kam grinsend zurück. »Für dich«, sagte er.

»Wer ist es denn?« fragte Billa erstaunt.

Er grinste über die ganze Breite seines Gesichts. »Ein Junge, der den Arm verbunden hat und das Bein nachzieht, und ein Mädchen, das zu ihm paßt wie die Faust aufs Auge. Sieht aus wie aus einer Leprastation entsprungen.«

Wo hatte Billa das bloß schon mal gehört? Sie wurde flammendrot und hetzte aus dem Zimmer.

Oben vor der Eingangstür standen Philipp und Karen.

»Hallo!« brachte Billa mühsam hervor.

»Tag, Billa«, sagte Philipp fröhlich. »Heute bin ich endlich entlassen worden. Karen war zufällig in der Ambulanz. Ihre Eltern waren so freundlich, mich nach Hause zu bringen. Da dachten wir, daß es nett wäre, dir ganz schnell guten Tag zu sagen.«

»Das war eine gute Idee«, log Billa. »Wie geht's dir, Karen?«

»Schlecht«, sagte Karen, gab aber sonst keine weiteren Erklärungen. »Hast du gerade Besuch?«

»Ja!«

»Dann hast du sicher keine Zeit für uns«, bemerkte Karen frostig. »Laß uns gehen, Philipp!«

»Kommt doch rein«, sagte Billa schnell, »wir können doch alle zusammen nach unten gehen.«

»Meine Eltern warten«, warf Karen ein, »außerdem habe ich

keine Lust, Spießruten zu laufen. Wenn deine Freunde alle so reagieren wie der Junge, der die Tür geöffnet hat, und jetzt auch du . . .«

»Er war überrascht«, erwiderte Billa Peter verteidigend, »ich bin auch überrascht.«

»Aber mehr unangenehm als freudig überrascht«, antwortete Karen mit der ihr eigenen Offenheit. »Hast du Angst, daß du uns deinen Freunden vorstellen mußt? Sind wir unter eurer Würde?«

Zum Teufel mit Karen, dachte Billa. Sie wußte immer genau, was man empfand, und sprach es auch noch aus.

Angela enthob sie einer Antwort. Sie war Billa nachgegangen, um die Besucher, die nach Peters Beschreibung nur Philipp und Karen sein konnten, in Augenschein zu nehmen. Mit ehrlicher Freude ging sie auf die beiden zu. »Kommt doch nach unten. Was steht ihr hier in der Tür?«

»Meine Eltern warten«, erwiderte Karen und wandte sich zum Gehen.

»Ich komm' gleich nach«, sagte Philipp.

»Bringst du mich ans Auto?« fragte Karen Angela und ging, ohne Billa noch eines Blickes zu würdigen.

Sollte Billa ihr nachlaufen? Im Grunde war sie ja ganz froh, wenn Karen ging. Sollte sie sie etwa mit zu den anderen nehmen und das Gespött über sich ergehen lassen? Sie blieb stehen und wartete darauf, daß Philipp etwas sagte.

»Stimmt es, was Karen sagt?« hörte sie seine leise Stimme. »Schämst du dich unser?«

»Ach was«, erwiderte Billa eine Spur zu schnell. »Karen hat einen Komplex wegen ihres Aussehens, das ist alles!«

»Warum hast du ihr nicht geschrieben? Warum hast du mich nie besucht?« fragte er traurig. »Ich hatte Sehnsucht nach dir, weißt du? Die letzten Wochen, nachdem du entlassen warst, erschienen mir wie eine Ewigkeit.«

»Ich habe nicht versprochen, dich zu besuchen«, erwiderte Billa ärgerlich.

»Spielt das denn eine Rolle?« fragte er deprimiert. »Sag mir eins ganz ehrlich: Hast du mir etwas vorgespielt, als du sagtest, daß du mich lieb hast?«

Billa ging auf seine Frage nicht ein. »Ich war zu sehr beschäftigt«, sagte sie trotzig. »Meinst du, es ist leicht für mich, mit meiner Krankheit zurechtzukommen? Das kostet mich ganz schön viel Mühe.«

»Vor allem, wenn man sie so weit wie möglich verleugnen will, nicht wahr? Aber beantworte erst meine Frage.«

»Vielleicht«, sagte Billa ungeduldig, »vielleicht war alles gelogen, was ist das jetzt schon wichtig!«

Das erstemal, seit Philipp und Billa sich kannten, reagierte er unwillig.

»Du nennst es unwichtig,« schrie er. »Du hast da unten deine Freunde sitzen. Wissen sie überhaupt, daß du einen Diabetes hast? Ich freue mich seit Wochen darauf, dich wiederzusehen. Wollten wir nicht auch weiterhin zusammenbleiben? Hast du das auch nicht gesagt?«

»Hör auf«, sagte Billa unwillig, »was sagt man nicht alles!«

»Im Krankenhaus war ich dir gut genug, das ist es. Hier, in deiner alten Umgebung hast du mich nicht mehr nötig. Das stimmt doch, oder?«

Billa wand sich und wußte keine Antwort. »Kommst du jetzt mit«, fragte sie schließlich.

»Nein!« erwiderte er hart. »Spiel ruhig weiter deine Rolle – aber laß mich dabei aus dem Spiel!« Abrupt wandte er sich ab und stürzte Karen nach.

»Gehst du schon wieder?« fragte Angela erschrocken. Sie kam gerade vom Auto zurück.

»Ja!« antwortete er und rannte sie fast um.

»Was ist denn los?« fragte Angela irritiert, als sie bei Billa angelangt war. »So habe ich Philipp noch nie gesehen.«

»Er bildet sich ein, ich wollte nichts mehr von ihm wissen!«

»Aber warum denn?« fragte Angela fassungslos. »Hast du das gesagt?«

»I wo!«

»Dann hol ihn zurück und klär das Mißverständnis auf.«

Wortlos schob Billa Angela durch die Tür und knallte sie zu.
Sie gingen zurück zu den anderen. Die feixenden Gesichter
der Kameraden, die im Keller saßen und warteten, bestätigten
Billa in ihrer Angst, Philipp und Karen mit der alten Clique
zusammenzubringen.

»Na?!« fragte Peter aufreizend, »sind Herr Hinkebein und
Fräulein Pickelhuber wieder gegangen? Wo kennst du bloß
diese beiden Vögel her?«

»Aus dem Krankenhaus!« antwortete Angela für Billa. Lei-
denschaftlich fügte sie hinzu: »Sie sind beide sehr nett!«

»Meinetwegen«, gab Peter gleichgültig zu. »Aber wenn man
sich mit *dem* Mädchen auf der Straße sehen läßt, muß man ja
Angst haben, daß die Leute in Ohnmacht fallen!« Lautes
Gelächter folgte seinen Worten.

Angela schaute hilflos zu Billa hinüber. Wollte sie die beiden
Freunde nicht verteidigen?

Aber Billas Gesicht war wie versteinert. Kein Ton der
Verteidigung kam über ihre Lippen. Sie war gerade dabei, sich
auszumalen, was die Freunde, die sich so blendend auf
Philipps und Karens Kosten amüsierten, wohl über sie sagten.
Wenn sie es nicht hörte, natürlich. Gemüsefresser? Das war
harmlos. Spritzenhengst? Komischer Vogel mit der Alte-
Leute-Krankheit? Ach, Billa mochte nicht daran denken.

Der Nachmittag war für sie verdorben. Blöder Philipp! Was
fiel ihm ein, ihren Seelenfrieden zu stören. Sie wollte in Ruhe
gelassen werden. Schließlich hatte sie niemandem gegenüber
eine Verpflichtung.

Merkwürdigerweise schienen Billas Unwillen, ihre und Ange-
las Schweigsamkeit auf die allgemeine Stimmung zu schlagen.
Nachdem sich die Heiterkeit über die beiden komischen
Besucher gelegt hatte, zeigte keiner mehr rechte Lust, etwas

anzufangen. Schließlich stand Peter auf und sagte: »Ich geh' in den Club – ein bißchen trainieren. Kommt jemand mit?«

Alle standen auf. »Prima Idee!« stellte Karin fest. Von da an ging alles ganz schnell, und keiner wußte, wie es dazu gekommen war.

Im Club angelangt, suchten Billa und Angela eine Platte aus, auf der sie trainieren konnten. Plötzlich fiel Angela ein, daß sie ihrer Mutter versprochen hatte, fürs Abendessen einzukaufen. »Hab' ich total vergessen!« sagte sie erschrocken. »Ich bin gleich wieder da, muß nur ganz schnell was besorgen.« Sie legte ihren Schläger auf die Platte und rief im Davonlaufen. »Reservier die Platte für uns beide!«

Billa nickte. Sie stellte sich ans Fenster, schaute den Jungen zu, die auf dem Platz Fußball spielten.

Plötzlich erklang Ulrikes schrille Stimme. »Keine Platte mehr frei?! Immer müssen wir zu spät kommen. Ist aber auch mies, daß wir nicht einmal genügend Platten haben!«

Billa hörte die Antwort nicht, aber als sie sich umdrehte, war Ulrike gerade im Begriff, Angelas Tischtennisschläger von der Platte zu nehmen.

»Wer trainiert hier?« fragte Ulrike zornig. Sie warf Billa einen wütenden Blick zu. »Du?«

»Wenn du nichts dagegen hast«, erwiderte Billa ruhig, nahm Ulrike Angelas Schläger aus der Hand, legte ihn wieder auf die Platte und ihren eigenen dazu. Dann drehte sie sich wieder um.

»Ich hab' aber was dagegen!« schrie Ulrike hinter ihr her.

Billa zuckte aufreizend ruhig mit den Schultern. »Dann kann ich auch nichts machen!«

Ulrike fegte mit einer zornigen Handbewegung beide Schläger vom Tisch. Durch den Krach aufgeschreckt, schauten jetzt alle hinüber. »So!«, sagte Ulrike nachdrücklich. »Hier spiele jetzt ich!«

»Moment mal«, erwiderte Billa betont, »ich glaube, du spinnst. Was sind denn das für Sitten?«

Ulrike lachte gehässig. »Das bist du nicht gewöhnt, was? Du schaffst es ja sonst immer, daß alle deine Wünsche respektiert werden. Außer mir hat niemand den Mut, sich gegen dich zu stellen, auch wenn du immer eingebildeter wirst.«

»Du spinnst heute wirklich«, wiederholte Billa. »Und lügst!« Anscheinend hast du's drauf angelegt, Unfrieden zu stiften.«

»Ich lüge!« erwiderte Ulrike mit hochrotem Kopf. »Du kannst das gut behaupten, weil jetzt alle zu feig sind, mir zu helfen. Es stimmt, daß alle auf deiner Seite stehen – scheinbar. Hintenrum wird viel geredet, aber das sind Dinge, die das Fräulein Paulsen mit einer Handbewegung abtut. Hauptsache, vornerum stimmt's.«

Billa sah sich hilfesuchend um. »Ist das wahr?« Alle grinsten verlegen.

»Sie ist eifersüchtig, das merkt man doch!« sagte Peter.

»Natürlich bin ich eifersüchtig«, fuhr Ulrike dazwischen. »Ich beneide sie um ihren tollen Vater, um das Haus. Von dem Garten, den sie haben, träumen meine Eltern seit zehn Jahren. Wir wohnen in einer Mietswohnung – fünf Personen in drei Zimmern! Da soll ich nicht eifersüchtig sein?«

»Jetzt hör auf damit«, sagte Karin zu Ulrike. »Deine Eifersucht ist albern und interessiert uns alle überhaupt nicht!«

»Jetzt bin ich natürlich schuld!« schrie Ulrike unbeherrscht. »Jetzt bin wieder ich an allem schuld! Feiglinge seid ihr allesamt! Ihr alle, die ihr hier sitzt, habt doch gehofft, daß Billa schlecht spielen wird, alle schimpft ihr, daß ihr immer alles so leicht gemacht wird. Aber keiner wagt es auszusprechen. Im Gegenteil – mir fallt ihr in den Rücken, wenn ich es tue. Zum Kotzen seid ihr, allesamt!«

»Jetzt hörst du aber wirklich auf«, sagte Peter zornig. »Die Zeit, die ihr hier streitet, geht uns vom Training ab. Letzte Woche habt ihr auch das ganze Training durch euren Streit versaut! So geht es immer.«

»Na und?« schrie Ulrike ihn an. »Wozu muß die da« – sie

15

Zwei Wochen später fand ein Ereignis statt, an das Billa noch lange denken würde, das ihren Seelenfrieden weitaus mehr störte, als es der Besuch Philipps oder der Streit mit Ulrike getan hatte.

Peter feierte Geburtstag und gab eine Party. »Samstag«, sagte er. »So ab 19 Uhr. Leider sind meine Eltern auch da. Aber das wird uns wohl kaum stören. Hoffentlich ist schönes Wetter, daß wir im Garten grillen können. Auf jeden Fall gibt's Sekt«, fügte er mit Eroberermiene hinzu.

Billa hörte Sekt und Grillen und sagte sofort deprimiert: »Ich werd' wahrscheinlich nicht kommen, bloß daß du's weißt!«

»Aber, Billa«, unterbrach Karin aufgeregt. »Warum denn das? Das kannst du doch nicht machen!«

»Ach wißt ihr«, log Billa, »meine Eltern geben diesen Samstag auch eine Party und rechnen damit, daß ich zu Hause bin.«

»Dann red ihnen das aus«, protestierte Peter. »So wichtig wird's nicht sein. Oder willst du etwa wegen des Streites mit Ulrike nicht kommen?«

»Ach was«, wehrte Billa ab. »Ist doch schon längst vergessen. Ich werd's versuchen, daß meine Eltern mich weglassen«, fügte sie hinzu und wußte genau, daß sie nichts versuchen würde, weil sie zu Peters Party gar nicht gehen wollte.

»Angela wird das schon machen, nicht wahr?« sagte Peter überzeugt. »Wenn du's allein nicht schaffen solltest, deine Eltern rumzukriegen.«

Angela nickte bloß, sagte aber keinen Ton. »Was ist los«, fragte sie dann auch sofort, als sie beide allein waren. »Warum willst du am Samstag nicht auf die Party kommen?«

»Was heißt nicht wollen . . . «, begann Billa.

». . . deine Eltern geben keine Party, außerdem würden sie nie verlangen, daß du deswegen zu Hause bleibst«, unterbrach Angela zielstrebig.

»Hör zu, Angela«, begann Billa von neuem. »Du bist die einzige, die das verstehen kann. Grillen und Sekt – was soll ich da? Essen darf ich sowieso nichts . . . Soll ich den ganzen Abend dasitzen, Mineralwasser trinken und erleben, wie sie alle heimlich über mich spotten?«

»Das ist es also«, nickte Angela. »Soll das heißen, daß du auf überhaupt keine Fete mehr gehen willst?«

»Das habe ich nicht gesagt! Wir reden von Peters Party.«

»Sicher«, erwiderte Angela ruhig, »aber wenn du wegen deiner Diät am Samstag nicht auf seine Party gehen willst, wirst du doch sicher auch alle anderen Festlichkeiten meiden wollen, bei denen es etwas zu essen und zu trinken gibt. Und das gibt es eigentlich immer.«

»Ach laß mich in Ruhe!« schrie Billa und rannte davon.

Aber Angela blieb ihr dicht auf den Fersen. »Bitte, Billa«, sagte sie sanft, »bitte laß uns zusammen am Samstag auf die Party gehen. Ohne dich macht's mir ohnehin keinen Spaß. Außerdem hat es doch keinen Sinn, davonzulaufen. Du mußt dich schließlich damit abfinden, daß du Diät leben mußt. Was nützt es, trübsinnig zu Hause zu sitzen und allen Versuchungen aus dem Weg zu gehen?«

»*Du* hast gut reden«, bemerkte Billa bitter. »*Du* bist gesund, für dich ist das alles halb so schlimm.«

»Ich leide genauso darunter wie du«, erwiderte ihr Angela leise.

Ungeduldig fuhr Billa dazwischen. »Ihr könnt alle nur klug reden, was ihr tun würdet. Ihr braucht bei allem ja schließlich nur zuzuschauen. Krank bin *ich*! Spritzen muß *ich* mich! Diät leben muß *ich*! Gespottet wird über *mich*!«

»Aber ich will dir doch helfen«, warf Angela aufgeregt ein. »Schau, Billa, wenn wir beide zusammenhalten, kann dir gar nichts passieren. Ich geb' dir mein Versprechen, daß ich am

Samstag nur Mineralwasser trinke und keine einzige Brat-
wurst esse. Gehst du dann mit?«

Billa brachte keinen Ton hervor und nickte bloß stumm.

Der Samstagabend war da. Eine mißmutige Billa trottete
neben Angela her. »Heute abend gibt's ein Unglück«, pro-
phezeite sie knurrig.

Angela lachte ausgelassen. »Seit wann gehörst du zu den
Leuten, die schon im voraus wissen, daß etwas schiefgehen
wird? Noch vor ein paar Wochen hast du gemeint, das sei eine
schlechte Angewohnheit alter Leute!«

»Na und?« erwiderte Billa patzig. »Wenn ich schon eine Alte-
Leute-Krankheit habe, darf ich mich auch so benehmen.«

Angela packte die Freundin erschrocken am Arm. »Wie
kannst du so reden, Billa?! Deine Krankheit hat doch nichts
mit dem Alter zu tun!«

Gleichgültig zuckte Billa mit den Achseln. »Dann eben keine
Alte-Leute-Krankheit. Ist ja auch egal!«

»Was soll denn das?« fragte Angela kopfschüttelnd. »Früher
hast du nie solchen Blödsinn geredet, da warst du ganz
anders.«

Billa nickte resigniert. »Früher war ich ja auch gesund!«

»Ist das deine einzige Ausrede? Deine Entschuldigung für
alles? Für deinen Mißmut, deine schlechte Laune . . . «

Billa hielt sich die Ohren zu. »Hör auf!« sagte sie. »Ich bin
schließlich dir zuliebe mitgegangen, ist das nicht genug?
Außerdem sind wir da.«

Peter lief den beiden Mädchen aufgeregt entgegen. »Endlich
kommt ihr!« schrie er aufgeregt, »wir warten bloß noch auf
euch!«

»Nur immer langsam!«

»Meine Eltern sind noch da«, flüsterte er Billa zu. »Gehen
aber nachher weg. Was wollt ihr denn trinken?«

»Kommt hier herüber«, schrie eine Stimme aus dem Hinter-
grund. »Hier gibt's prima eisgekühlte Cola!«

»Keine Cola«, antwortete Angela bestimmt, »habt ihr so was wie Mineralwasser?«

Peters Gesicht war Antwort genug. »Ach, du meine Güte«, sagte er erschrocken, »das hab' ich total verschwitzt! Ich glaube, wir haben bloß Cola und Fanta im Haus. Nachher gibt's Sekt, aber das ist wohl auch nicht das Richtige für dich. Mensch, Billa, daran hab' ich wirklich nicht gedacht!«

»Bloß keine Panik«, ließ sich die lachende Stimme von Karin vernehmen. »Notfalls zapfen wir den Wasserhahn an!«

»Meine Mutter wird schon was organisieren«, überlegte Peter und rannte davon.

»Kommt, steht nicht so ungemütlich rum«, sagte Petra. »Hier, Billa, einen kleinen Schluck Cola zum Anfang. Einmal ist keinmal!«

»Nein!« erwiderte Billa böse.

Petra wich zurück und zog eine Grimasse. »Oh, hast du schlechte Laune. Wird schon nichts passieren.«

»Nein!!«

»Laß Billa doch, wenn sie nicht will«, sagte Angela.

»Sie will ja«, lachte Petra. »Das seh ich ihrem Gesicht an. Sie traut sich bloß nicht.«

»Ich hab'ne Tante«, kam Ulrikes Stimme, »die hat auch Zucker – schon seit zehn Jahren. Aber die macht lange nicht so ein Theater. Wenn's mittags gut schmeckt, wird ein bißchen mehr gegessen – das zieht sie dann abends ab. Die trinkt Alkohol, wie es ihr paßt. Ist auch noch nie was passiert. Die sagt immer, man kann es mit der Genauigkeit auch übertreiben!«

»Der Spruch stammt sicher nicht von deiner Tante«, bemerkte Angela ironisch. »Der ist doch bestimmt von dir!«

»Na und?!« antwortete Ulrike aufreizend. »Ist auch egal. Auf jeden Fall verderbt ihr mit der Show, die ihr da abzieht, noch die ganze Stimmung!«

»Komm!« mischte sich Billa ein, »das wollen wir nicht. Laß uns wieder nach Hause gehen!«

»Wir bleiben«, erwiderte Angela wütend, »und wenn wir den ganzen Abend auf dem Trockenen sitzen!«

Alles lachte. »Braucht ihr gar nicht«, bemerkte Karin. »Da kommt Peter schon mit Mineralwasser angeschwenkt.«

»Hurra!« schrie Ulrike, »der Abend ist gerettet. Aber sag bloß eines, Angela . . . Hast du dir eigentlich aus lauter Freundschaft jetzt auch Zucker zugelegt?«

»Sehr witzig«, bemerkte Angela. »Wie lange hast du denn gebraucht, um die ganzen Sprüche, die du heute abend schon gebracht hast, auswendig zu lernen?«

Aber ihre schlagfertige Antwort täuchte nicht darüber hinweg, daß Ulrike die Lacher auf ihrer Seite hatte, und damit einen vollen Erfolg für sich buchen konnte. Petra konnte sich überhaupt nicht mehr beruhigen und verschluckte sich vor lauter unterdrücktem Kichern an ihrer Cola.

»Hab' ich's nicht gesagt«, flüsterte Billa Angela zu. »Die amüsieren sich bloß auf unsere Kosten, und dafür sind wir hergekommen!«

»Ist das deine einzige Reaktion?« zischte Angela böse zurück. »Hilf mir lieber ein bißchen, der dummen Ulrike den Mund zu stopfen. Früher hast du schließlich auf alles eine Antwort parat gehabt. Jetzt hockst du da wie stumm.«

»Ich weiß auch nicht«, erwiderte Billa hilflos, »was soll ich denn bloß machen?«

Sie konnte die Antwort Angelas nicht mehr hören, denn sie wurde zum Tanzen geholt.

Die Tanzerei war jetzt voll im Gange. Und Billa war dafür dankbar. Beim Tanzen mußte sie nicht mitansehen, wie die anderen ihre Grillwürste und Hamburger verzehrten, wie eine Colabüchse nach der anderen leergetrunken wurde.

Billa hatte alles so satt, das merkte sie heute abend ganz deutlich. Ein einzigesmal ein klein wenig sündigen, das war jetzt ihr innigster Wunsch. Nur einen Bissen Hamburger mit ganz wenig Ketchup. Nur einen einzigen Schluck Cola.

Was würde denn schon passieren? Wahrscheinlich gar nichts. Einmal ist doch so gut wie keinmal. Vielleicht war sie wirklich zu genau. Wahrscheinlich würde ein halbes Glas Cola ihrem Blutzucker überhaupt nichts ausmachen. Als Billa vom Tanzen an ihren Platz zurückkam, war sie bereits total verunsichert. Eigentlich hatte sie sich schon längst dazu durchgekämpft, wieder einmal etwas anderes als Mineralwasser zu trinken.

Nur schnell das Glas leertrinken und dann . . .

Billa trank und merkte im ersten Moment gar nicht, was los war. Sie schmeckte etwas Süßes . . .

Nein, Mineralwasser war es sicher nicht. War es Sekt? Irgend jemand mußte sich einen Spaß erlaubt und Billas Glas vertauscht haben. Billas erste Reaktion darauf war Zorn. Erbost wollte sie Angela von dem schlechten Scherz erzählen. Aber sie tat es nicht.

Schmeckte der Sekt nicht prima? Nicht viel besser noch als Cola? Wie lange war es her, seit sie nichts anderes als Mineralwasser hatte trinken dürfen? Und nun gar Sekt. Bloß Angela nichts erzählen! Niemals würde die das gutheißen. Viel zu pingelig war sie dazu. Und Billa schwieg. Sie genoß nach langer Zeit ihr erstes Glas Sekt, sie trank ein zweites, trank ein drittes. Sie machte sich keine Gedanken darüber, wer ihr Glas wohl immer wieder neu gefüllt haben könnte.

Und Angela saß ohne jeden Argwohn neben ihr. Sie sah mit wirklicher Freude, daß Billa der Abend nun doch Spaß zu machen schien, daß sie endlich wieder die alte war, lachte und tanzte wie in früheren Zeiten.

Und daß Billa – auch wie in alten Zeiten – nicht dazu zu bewegen war, auch nach Hause zu gehen.

Aber als der Tag dann wirklich zu Ende war, lag Billa in ihrem Bett und fühlte sich so wohl wie lange nicht mehr. Schön war's gewesen.

Am nächsten Morgen wachte sie mit Kopfschmerzen auf. Ihr war ganz flau im Magen. Wenn sie sich schnell bewegte, begann es in ihrem Kopf zu hämmern und zu kreisen. Der Sekt vom Vorabend fiel ihr ein. Was hatte sie da bloß angestellt!

Billa setzte sich vorsichtig auf die Bettkante und versuchte, einen klaren Gedanken zu fassen. Es war nur ein Glück, daß sie schon seit längerer Zeit morgens alleine aufstand, um sich zu spritzen und ihr Frühstück zu richten. Weder die Eltern noch Patrick noch Angela mußten von der Angelegenheit erfahren, wenn sie einen klaren Kopf behielt und das Richtige tat.

Nur nicht die Nerven verlieren. Also, Billa, ruhig bleiben und nachdenken! Billa redete sich selbst zu wie einem kleinen Kind. Leise murmelte sie vor sich hin.

Es war ihr schlecht und schwindelig – das bedeutete wahrscheinlich, daß ihr Blutzucker höher als gewöhnlich lag. Daran war natürlich der verdammte Sekt schuld.

Was war also zu tun?

Was lag näher, als den hohen Blutzucker zu senken, indem man mehr Insulin spritzte?!!

Natürlich – das war die Lösung. Sie würde sich heute morgen einfach ein paar Einheiten Insulin mehr spritzen. Niemand würde etwas merken, alles würde wieder in Ordnung sein.

Am Abend saß Billa mit ihren Eltern vor dem Fernseher. »Ich glaub', ich muß brechen!« flüsterte sie plötzlich.

Erstaunt drehten sich die Eltern zu ihr um. Billa stand schnell auf, und wollte aus dem Zimmer gehen, aber ihre Füße gehorchten nicht. Die Mattscheibe begann zu kreisen und nahm ganz eigentümliche Formen an.

Das letzte, was Billa vernahm, war die aufgeregte Stimme des Vaters, der anscheinend mit der Klinik telefonierte, und ein dumpfer Schlag auf den Hinterkopf.

Als sie wieder zu sich kam, lag sie auf einem Bett. Sie sah die ängstlichen Gesichter der Eltern, hörte nach langer Zeit wieder die so vertraute, sanfte Stimme Schwester Annemaries.

»Geht es wieder einigermaßen, Billa?«

Billa nickte müde.

»Gut, Billa«, fuhr Schwester Annemarie fort, »dann kannst du uns vielleicht mal erklären, was passiert ist?!«

»Passiert?!«

»Was hast du gemacht?« fragte die Schwester eindringlich.

Oh, Billa verstand jetzt ganz gut, was sie meinte. Am liebsten hätte sie gar nicht geantwortet. Aber was nützte das! War nicht sowieso alles egal? So sagte sie leise: »Ich hab' Sekt getrunken!«

»Und dann?«

»Mehr Insulin gespritzt!«

Schwester Annemarie schüttelte fassungslos den Kopf. »Billa, Billa, wie konntest du so etwas tun! So viel Unvernunft hätte ich nicht von dir erwartet.«

»Ein einziges Mal«, flüsterte Billa heiser. »Ich dachte, es geht gut. Alle sagen, ich sei zu pingelig und würde übertreiben. Da hab' ich's halt probiert.«

»Wer sagt, daß du übertreibst?« erwiderte Schwester Annemarie aufgebracht. »Wie kannst du auf solche dummen Reden hören! Dieser Spaß kostet dich mindestens eine Woche Krankenhaus.«

Billa brauchte lange, bis sie verstand. Dann sprang sie entsetzt auf. »Ich soll hierbleiben?!« Gleich darauf sagte sie bockig: »Ich bleib' nicht hier!!«

»Billa!« rief Herr Paulsen.

»Ich bleib' nicht hier!« schrie Billa. »Um nichts in der Welt!«

»Es wird dir keine andere Wahl bleiben«, sagte Schwester Annemarie ruhig.

»Ich bleib' nicht hier!« wiederholte Billa noch einmal trotzig.

»Kann mich denn keiner verstehen? Ein einziges Mal hab' ich ein bißchen Sekt getrunken, und dafür soll ich gleich mit einer Woche Krankenhaus bestraft werden!«

»Das hat doch nichts mit Strafe zu tun . . .«

»Eine Woche Krankenhaus«, schluchzte Billa, »sicher werden es wieder zwei. In der Schule werden sie sich halbtot lachen, weil ich schon wieder krank bin.«

»Aber Billa!«

»Ich will nach Hause. Ich hab' die Nase voll! Ich will leben wie alle anderen auch!« Schluchzend vergrub sie den Kopf im Kissen. »Warum gerade ich! Was hab' ich bloß gemacht, daß ich so bestraft werde! Ich schmeiß alle Spritzen und das Insulin in den Abfalleimer und tu so, als ob ich von überhaupt nichts weiß!«

»Du benimmst dich richtig ungezogen«, mahnte Herr Paulsen. »Du bist doch kein Kind mehr, du mußt doch auch weiterdenken können!«

»Ich wünschte, ich wäre noch ein Kind!« schrie Billa. »Da bräuchte ich nicht halb so verständig zu sein!«

Herr Paulsen ging auf Billa zu.

»Geh weg«, schrie Billa unbeherrscht. »Ich will nichts hören! Ihr kotzt mich an!«

Ein entsetzter Aufschrei von Billas Eltern. »Aber Billa!«

»Meine Ruhe will ich!« schrie Billa. »In meinem Kopf ist überhaupt nichts mehr drin als Insulin, Spritzen und so'n Kram!«

Herr Paulsen bekam einen roten Kopf. »Nun ist's genug«, sagte er streng, »mir reicht's!«

Schwester Annemarie beruhigte ihn. »Lassen sie Billa toben. Im Moment muß sie viel zuviel Gefühle loswerden, als daß sie auf irgendwelche Argumente reagieren würde.«

»Sie hat sich noch niemals so benommen«, sagte Frau Paulsen verzweifelt.

»Gerade darum. Sie war vom ersten Tag an viel zu einsichtig

und vernünftig. Das ist die Reaktion. Lassen sie mich mit ihr reden!« Zu Billa gewandt, sagte sie leise: »Tu's doch, Billa.«
Billa nahm die leise Stimme im ersten Moment gar nicht wahr. Sie stockte und fragte irritiert: »Was?«
»Schmeiß doch alles in den Abfallkorb!«
»Und dann?«
»Und dann?« antwortete Schwester Annemarie hart, »dann hast du dein altes Leben wieder. Kein Insulin, keine Diät mehr. Prima Leben. Also tu's!«
»Und was passiert?«
»Dann wirst du innerhalb von zwei Tagen bei uns sein – in einem schlimmeren Zustand als jetzt. In einem Zustand, der dir keine Möglichkeit läßt, darüber zu entscheiden, ob du bei uns bleiben willst oder nicht. Vielleicht merkst du dann, daß du alle Entbehrungen wie Diät und Spritzen auf dich nehmen mußt, um leben zu können! Verstehst du das, Billa? Leben! Es geht doch nicht mehr darum was du willst oder nicht willst. Du kannst ohne Insulin und Diät nicht mehr leben. Versteh das doch!«
Billa hatte stumm zugehört und nickte jetzt bloß hilflos. Sie wollte nicht mehr protestieren. Es war ja sowieso alles vergebens.
So wurde sie ein zweites Mal in die Klinik aufgenommen. Doch wie anders war diesmal alles! Kein stets lachender freundlicher Philipp, dessen Fröhlichkeit und Ausgeglichenheit ansteckend wirkte. Keine Karen, mit der Billa sich so gut hatte unterhalten können. Nicht einmal eine Margit war da. Die einzige, die jeden Tag treu zu Besuch kam, war Angela. Sie war übriggeblieben, aber war sie nicht nur ein schwacher Trost?
Diesmal war es Billa wirklich sterbenslangweilig!
Allerdings wurde sie nach fünf Tagen bereits wieder entlassen – früher sogar als erwartet. Gerade rechtzeitig, um das Wochenende wieder zu Hause verbringen zu können. Doch in

Billa war nichts von der Vorfreude, die sie beim letztenmal empfunden hatte, als sie nach sechs Wochen Krankenhausaufenthalt endlich wieder nach Hause gedurft hatte. Wie glücklich und sehnsüchtig hatte sie sich damals verabschiedet! Nun war alles ganz anders. Billa wußte diesmal genau, was auf sie wartete: Verzichte und Enttäuschungen, schlechte Laune und Mißmut.

Probleme über Probleme. Und niemand, der ihr helfen konnte, den Grund für dies alles, ihre Krankheit, aus dem Weg zu schaffen.

Und noch etwas brachte Billa dieser Klinikaufenthalt ein: Sie erhielt auf Anraten Schwester Annemaries ein viereckiges Messingschildchen, auf dem das Wort »DIABETES« eingraviert war. Auf der Rückseite standen die Telefonnummern ihrer Eltern und der Klinik, die sie behandelte.

»Du kennst das doch«, sagte Schwester Annemarie. »Philipp hatte ein ähnliches Schild!«

Oh ja, Billa konnte sich sehr gut erinnern. Sie wußte auch noch ganz genau, daß Karen und sie das dünne Messingschildchen, das Philipp immer mit einem schmalen Lederbändchen an der Gürtelschlaufe trug, als sehr chic empfunden hatten. Aber das war nun etwas ganz anderes. Nun, da Billa in der gleichen Situation war, selbst so etwas tragen sollte, empfand sie es als entwürdigend, so gezeichnet und damit vor allen bloßgestellt zu werden.

Sie brach prompt in Tränen aus, als sie den Anhänger erhielt und ihn um den Hals hängen sollte.

»Du mußt die Kette tragen!« sagte Schwester Annemarie eindringlich. »Du hast selbst gesehen, wie schnell dein Stoffwechsel entgleisen kann. Es ist zu deinem eigenen Schutz. Nicht immer passieren dir solche Ausrutscher zu Hause, wo deine Eltern sofort eingreifen können!«

Wütend schleuderte Billa die Kette in die nächste Ecke. »Das trag' ich nicht!! Soll denn jeder sofort wissen, was mit mir los ist? Dann kann ich überhaupt kein richtiges Leben mehr führen!«

»Kauf dir eine längere Kette!« schlug Schwester Annemarie vor. »Trag es um die Taille, dann sieht es kein Mensch – nur im Notfall kann man es finden!«

Billa schüttelte böse ihren Kopf.

Frau Paulsen nahm die Kette an sich. »Wir werden es in ein hübsches kleines Lederetui stecken, das ist ganz modern – paßt auch sehr gut zu deinen Jeans!« sagte sie betont fröhlich.

»Von mir aus«, knurrte Billa böse, »bloß tragen werd' ich's dann auch nicht!«

»Keine weiteren Diskussionen!« sagte ihre Mutter abschließend.

16

Und wieder war ein Mittwoch. Training. Alles schien wie gehabt. Jeder in der TT-Clique wußte mittlerweile von dem verbotenen Sekt, wußte, warum Billa das letzte Training versäumt hatte. Aber keiner sprach sie darauf an.

Sie hatten sich heute früher getroffen, um ein Programm für das in vier Wochen stattfindende Vereinsfest zu überlegen. Sinn und Vorbedingung dieses Festes war die seit Jahren übliche Einladung an die Eltern.

»Das gibt ein langweiliges Wochenende«, eröffnete Karin das Gespräch und erfaßte damit die allgemeine Stimmung. Aus zwei oder drei Ecken war ein gemurmeltes »Schade um die Zeit« zu hören.

»Idyll im trauten Kreise unserer Familien«, seufzte Peter. »Kaffee und Kuchen, Spaziergang in die nähere Umgebung. . .«

»Kleine Ansprache von Andreas über die Erfolge seiner Mannschaft mit anschließender Demonstration unserer sportlichen Fortschritte, die wir seit dem letzten Jahr gemacht haben. . .«, fuhr Karin fort.

»Und zum Schluß Verabschiedung mit vielen Dankesworten an unsere und unseres Trainers aufopfernde Bemühungen«, schloß Peter die trüben Erinnerungen an die letzten Vereinsfeste mit den Eltern ab.

»Muß das denn sein?« fragte Angela. »Gibt es gar keine andere Möglichkeit?«

»Hat jemand eine Idee!?«

Keiner antwortete, nur Peter sprang auf. »Keine Idee, aber einen Vorschlag hätte ich zu machen«, sagte er bestimmt. »Halbe Stunde Denkpause für jeden. Danach müssen Ideen abgeliefert werden!«

Alles lachte, aber der Vorschlag wurde akzeptiert.

Billa und Angela setzten sich in die äußerste Ecke des Zimmers und überlegten gemeinsam.

»Was könnte man nur machen?« grübelte Billa. Sie ließ den Kopf schwer auf die aufgestützten Unterarme fallen. Von Zeit zu Zeit war ein Stöhnen zuhören: »Wie zugenagelt – mein Kopf!«

»Du, Angela«, kam nach einer ganzen Weile wieder ihre leise Stimme. »Ich hätte vielleicht eine Idee – weiß aber nicht, ob sie durchführbar ist.«

»Nun sag's schon!«

»Ein Familienwettbewerb! Immer zwei Personen einer Familie treten gegen zwei Partner aus einer anderen Familie an. Als Beispiel Vater und Sohn gegen Vater und Tochter. Verstehst du?«

»Du meinst. . .?« Angela dachte nach. Plötzlich sprang sie auf, faßte Billa bei den Händen und wirbelte sie im Kreis herum. »Das ist die Idee des Jahrhunderts, wenn du mich fragst!«

»Aber was?« fragte Billa zweifelnd, »was für Wettkämpfe

wollen wir machen? Wollen wir Tischtennis spielen?« Und dann nach einigem Überlegen fuhr sie fort: »Muß es denn immer Tischtennis sein? Wir könnten alle möglichen Wettbewerbe starten, die Spaß machen und nicht viel Hilfsmittel erfordern. Ballspielen zum Beispiel!«

»Sackhüpfen!« kicherte Angela.

»Oder Rock'n Roll tanzen. Komm schnell«, drängte Billa, »das müssen wir den anderen erzählen. Die können sich Einzelheiten überlegen, wenn wir schon die Idee liefern.«

Voll Begeisterung stürmten die beiden Mädchen zu den anderen. Betrübte Gesichter schauten ihnen entgegen.

»Wie weit seid ihr?« fragte Billa frohlockend. Als keine Antwort, nur unwilliges Murren kam, sagte sie beiläufig: »Angela und ich sind bereits am Ende unserer Überlegungen! Das Ergebnis, glauben wir, ist ganz brauchbar. Wollt ihr's hören?«

»Was wird's denn schon Großes sein?« Diese Bemerkung konnte Ulrike sich natürlich nicht verkneifen.

»Halt doch mal deinen Mund und laß Billa ausreden, bevor du dein unwesentliches Urteil abgibst«, zischte Angela.

»Nichts als große Worte«, konterte Ulrike neidisch.

»Das mit den bereits eingeladenen Eltern ist natürlich dumm«, begann Billa vielsagend und zwinkerte Angela zu.

»Sollen wir sie abbestellen?« fragte Peter. »Ist das eure Idee?«

»Keine Spur. Wer spricht denn davon? Wir starten einen Familienwettbewerb!«

Ein lautes Geschrei erhob sich. »Was ist das?«

»Was verstehst du darunter?«

»Ruhe!« schrie Billa. Dann erklärte sie das Ganze. »Das Einfachste wäre, ein Tischtennisturnier zu veranstalten«, schloß sie ihre Rede. »Aber muß es denn immer Tischtennis sein? Wir dachten, man könnte statt dessen andere Wettbewerbe machen, z. B. Sackhüpfen!«

»Oder Eierlaufen!« ergänzte Angela.

»Seilspringen!« lachte Peter.

»Purzelbäume schlagen!«

»Nur ausgefallen und lustig muß es sein«, sagte Billa.

»Das nicht unbedingt«, bemerkte Angela nachdenklich. »Wenn wir von etwa zehn Disziplinen ausgehen, könnten die Hälfte ernsthafter Natur sein: 50-m-Lauf z. B., Ballweitwurf...«

Alles war begeistert. Angelas Vorschlag wurde ebenso akzeptiert, wie Billas Idee des Familienwettbewerbs überhaupt stürmische Begeisterung hervorrief. Es entspann sich eine lebhafte Diskussion um Art und Ausführung der Disziplinen.

»Das müssen wir schriftlich festlegen«, schrie Billa. Sie war in ihrem Element. Es war wie in alten Zeiten. Keine Rede davon, daß Billa nicht mitmachen konnte. Man übertrug ihr ohne viele Erklärungen die Führung, denn sie hatte schließlich die Idee geliefert. Sie schrieb auf, sorgte für Ruhe, wenn alle durcheinander riefen, und war selbst die Lauteste.

Mitten in diese erregte Diskussion platzte Andreas, ihr Trainer. »Kinder, Kinder«, sagte er aufgeregt. »Hört mir bloß gut zu. Ich habe eine tolle Neuigkeit!«

Binnen kurzer Zeit herrschte absolute Ruhe. Alles lauschte atemlos, man konnte eine Stecknadel fallen hören.

»Kinder«, sagte Andreas noch einmal atemlos, »wir haben eine Einladung bekommen! Vom Deutschen Tischtennisverband! Die acht Besten von euch dürfen zu einem Fortbildungslehrgang mit anschließendem Turnier nach Berlin fahren. Wie findet ihr das?«

Der Rest ging in einem vielstimmigen Hurra unter.

»Berlin!« rief Peter und wirbelte den Nächststehenden im Kreis herum.

Angela strahlte über beide Backen. »Wie lange geht der Lehrgang?« fragte sie gespannt.

»Acht Tage!«

»Und wann?«

»Beginnt an dem Wochenende, an dem wir eigentlich unser übliches Vereinsfest machen wollten. Das fällt dann natürlich ins Wasser«, erwiderte Andreas. »Tut mir leid für die Eltern und auch für euch. Ihr hattet doch schon Pläne!«

»Macht nichts!« war die einhellige Antwort, denn jeder hoffte natürlich, unter den acht Auserwählten zu sein, die fahren durften. »Berlin ist besser!!«

»Also auf zum Training«, spornte Andreas seine Mannschaft an. »Wir müssen zeigen, was wir können, und darum heißt es in den nächsten Wochen: üben – üben – üben!!«

Alle sprangen auf und stürmten davon, nur Billa blieb allein sitzen und hätte am liebsten geheult. So war es. Eben noch eifriges Pläneschmieden, und sie, Billa, hatte das erstemal seit Beginn ihrer Krankheit voll dabei sein können.

Nun lockte Berlin und die Aussicht auf acht herrliche gemeinsame Tage – was galten da noch simple Vereinsfestchen und mühsam ausgeklügelte Zehnkämpfe? Sie waren schließlich eine Tischtennismannschaft, zu nichts anderem hatten sie sich zusammengefunden, als Tischtennis zu spielen. Training war nur Vorbereitung, die paar Feten ein angenehmes Beiwerk – nicht mehr. Wichtig und wirklicher Höhepunkt für alle war der Wettkampf, das hatte sich eben deutlich gezeigt. Leisten wollte man etwas, um zu gewinnen, Siegestrophäen nach Hause zu tragen. Das alles war für Billa aber nur noch bedingt möglich.

Auf Sportfahrten konnte sie nicht mehr mitfahren. Ins Training wurde sie nur als zusätzlicher Partner miteinbezogen – und weil sie immer noch eine der Besten war. Aber wie lange noch? Der Anreiz, Neues dazuzulernen, ging mehr und mehr verloren. Andere würden ihren Platz in der Mannschaft einnehmen, zumal genügend da waren, die schon lange auf schlechtere Leistungen Billas hofften. Ulrike hatte recht gehabt. Zu Billa hielt eigentlich nur noch Angela.

Was sollte sie also noch hier? Was verband sie noch mit der früher so geliebten Mannschaft?

Sie stand auf und ging den anderen nach, die schon eifrig beim Training waren.

Keiner bemerkte Billa, nur Angela hörte sofort auf, als sie Billa erblickte. Offensichtlich hatte sie ein schlechtes Gewissen, weil sie glaubte, die Freundin im Stich gelassen zu haben.

»Da!« sagte sie zu Billa und reichte ihren Schläger hinüber. »Spiel für mich weiter!«

»Ich will nicht«, wehrte Billa ab. »Mach ruhig weiter.«

»Aber warum denn?« erwiderte Angela erschrocken, »magst du heute nicht trainieren?«

»Nein!« sagte Billa und fügte trotzig hinzu: »Ich kann diesen ganzen Laden hier nicht mehr ausstehen!«

Damit ließ sie die verstörte Angela stehen.

So oft die nun kam, um Billa zum Training abzuholen, hatte Billa immer eine andere Ausrede bereit. Im Club ließ sie sich nie wieder sehen. Gesprächsstoff Nr. 1 war sowieso nur noch die bevorstehende Reise nach Berlin. Billa fühlte sich absolut überflüssig, und außer Angela schienen alle das gleiche zu finden.

Auch in der Schule gab es ein Thema Nr. 1. Lang ersehntes Ereignis in diesem Jahr, seit langem in Aussicht gestellt, doch niemals fest versprochen, war der zweiwöchige Landschulheimaufenthalt von Billas Klasse, der endlich noch vor Weihnachten stattfinden sollte. Die allgemeine Aufmerksamkeit im Unterricht ließ zu wünschen übrig. Jeder flüsterte mit jedem. Die einen erzählten, daß zu der Jugendherberge, in die man fahren wollte, ein eigenes Schwimmbad gehöre, die anderen berichteten von einer hauseigenen Minigolfanlage. Einig waren sich alle darin, daß die 14 Tage eine Mordsgaudi geben würden.

In diese Zeit der Vorfreude fiel ein Besuch von Billas

Klassenlehrer Dr. Bär bei ihren Eltern. Eines Abends, als sie nach Hause kam, saß er im Wohnzimmer und war in ein Gespräch mit den Eltern vertieft. Man schickte sie nicht fort; mit gemischten Gefühlen setzte sie sich auf die äußerste Kante eines Stuhls und wartete.

»Es dreht sich um den Landschulheimaufenthalt«, begann Dr. Bär, »es gibt da Schwierigkeiten. . .«

»Schwierigkeiten?« fragte Billa entsetzt.

»Nun ja«, sagte er zögernd, »du kannst dir denken, Billa, wie schwierig es ist, einen 14tägigen Jugendherbergsaufenthalt für eine 40köpfige Klasse zu organisieren. Wenn nun unter diesen Schülern auch noch einer ist, der besondere Rücksichten verlangt. . .«

»Wie ich!« unterbrach Billa und verstand. »Soll das heißen, daß ich zu Hause bleiben muß?« fragte sie hart.

»Schau, Billa«, mischte sich nun ihr Vater ein. »Wir wollen das Ganze einmal ganz sachlich durchdenken. Da wäre einmal dein Essen. . .«

». . .das ich mir allein richten kann«, unterbrach Billa.

»Nicht in dieser Jugendherberge«, warf Dr. Bär ein. »Sie ist sehr groß und hat 150 Betten. Da kannst du dir keine sechs Mahlzeiten am Tag zubereiten!«

»Gut«, sagte Billa unwirsch. »1:0 gegen mich. Was spricht noch dagegen, daß ich mitfahre?«

»Du darfst nicht so sprechen, Billa«, mahnte Herr Paulsen sanft, »Dr. Bär hat sich die größte Mühe gegeben, den Landschulheimaufenthalt zu organisieren und dich in die Gruppe einzugliedern. Es ist beinahe unmöglich!«

»Bedenk doch, wenn dir etwas passieren würde! Keiner wüßte, was zu tun ist«, mischte sich nun auch Frau Paulsen ein. »Für deine Schule ist das eine kaum zumutbare Verantwortung.«

»Außerdem könntest du bei sechs Mahlzeiten täglich die ganzen Wanderungen doch nicht mitmachen«, bemerkte Dr. Bär.

Billa nickte resigniert. Das Schlimme war, daß sie im Grunde ihres Herzens wußte, daß sowohl der Klassenlehrer als auch ihre Eltern recht hatten. Außerdem hatte sie das Ganze schon geahnt. Blieb nur, die Konsequenzen zu ziehen.

Ade, Tischtennis! Ade, Landschulheim!

Was würde als nächstes kommen?

17

Es waren für Billa langweilige zwei Wochen, in denen Angela im Landschulheim war. Zwar kamen Karten für sie, sogar ein Anruf von Angela, in dem sie begeistert erzählte. Aber was war das schon, wenn man zu Hause saß und nichts mit sich anzufangen wußte.

Samstag erwartete Billa Angela endlich vom Landschulheim zurück. Kaum konnte sie es erwarten, die Freundin wiederzusehen, unruhig saß sie in ihrem Zimmer und horchte gespannt auf die Haustürklingel.

Doch als die sehnsüchtig Erwartete endlich vor der Tür stand, mußte Billa gegen das Gefühl ankämpfen, daß etwas nicht stimmte. Irgendwie war Angela verändert.

Billa ließ sich ihre Enttäuschung nicht anmerken. »Bin ich froh, daß du kommst«, empfing sie die Freundin mit gespielt guter Laune. »Ich langweile mich zu Tode.«

War Angela mißgestimmt oder traurig? Blaß und wortkarg schien sie Billas fiebrige Erwartung kaum wahrzunehmen, gab auf alle Fragen nur einsilbige, unkonzentrierte Antworten und schielte ständig auf die Uhr. »Gehn wir spazieren«, sagte sie kurz und schaute verlegen an Billa vorbei. »Ich muß in Ruhe mit dir reden!«

Schweigend liefen sie nebeneinander her. Was ist bloß los, dachte Billa. Warum war Angela so still? Was war passiert? Lange hielt sie es nicht aus. »Was ist geschehen, Angela?« fragte sie. »Bitte sag mir, was mit dir los ist! Du bist so komisch.«

Leise kam Angelas Stimme. »Es ist etwas geschehen, daß ich . . .« Sie atmete tief durch und fuhr mit belegter Stimme fort: »Hör mal, Billa, wir sind doch Freundinnen, nicht wahr?«

Billa nickte.

»Und wir bleiben auch Freundinnen. Freundinnen sein heißt doch, den anderen zu mögen, ganz gleich, was passiert!?«

Billa nickte erneut, bang und mit ängstlichen Augen.

»Du wirst es sowieso erfahren«, fuhr Angela fort, »ich will auch keine Geheimnisse vor dir haben, und schließlich ist es ja auch kein Verbrechen . . .« Sie brach mitten im Satz ab und begann flüsternd von neuem. »Du, Billa, ich glaube, ich habe mich verliebt!«

Billa wurde leichenblaß. »Was hast du?« fragte sie heiser.

»Ich kann doch nichts dafür«, flüsterte Angela stockend. »Wirklich, Billa, das mußt du mir glauben!« Scheu schaute sie die Freundin von der Seite an.

»Ich hab' es nicht gewollt, es kam einfach so . . .«

»Wer ist es denn?« fragte Billa mit bebender Stimme. »Jemand aus der Klasse?«

Angela schüttelte den Kopf. »In der Jugendherberge war auch eine reine Jungenklasse. Eines Abends kamen sie zu uns und fragten, ob wir nicht Lust hätten, ein bißchen zu ihnen in den Aufenthaltsraum zu kommen. Sie hätten gute Platten, Lust zum Tanzen, aber keine Mädchen. Wir waren natürlich Feuer und Flamme, mußten aber erst die Erlaubnis vom Bär einholen. Na ja, er war einverstanden und da sind wir eben hingegangen.«

»Und da hast du ihn kennengelernt«, sagte Billa tonlos.

»Erst war es ja langweilig«, erzählte Angela weiter und wurde jetzt ganz lebhaft. »Aber dann kam er und hat mich zum Tanzen aufgefordert, und von da an waren wir den ganzen Abend zusammen! Wir wollen auch weiterhin zusammenbleiben. Aber ich kann das nicht, wenn du mir böse bist!« Sie brach plötzlich in Tränen aus.

»Mensch, flenn doch nicht«, sagte Billa und versuchte, ihrer Stimme einen festen Klang zu geben. »Wer macht dir denn Vorwürfe? Wer verbietet dir, dich zu verlieben? Schließlich hast du selbst gesagt, daß es ganz von allein kam.«

Angela wischte sich mit dem Handrücken über die Augen, sprang auf und fiel Billa um den Hals. »Oh, Billa!« jubelte sie. »Bin ich froh, daß du das sagst. Ich hatte solche Angst vor dieser Begegnung mit dir. Ich fürchtete, du würdest denken, daß ich dich jetzt nicht mehr mag oder im Stich lasse!« Und jetzt sprudelte es aus ihr heraus. Sie umarmte Billa immer wieder und rief: »Oh, Billa, du mußt ihn kennenlernen! Er ist wunderbar. Er heißt Hannes«, sagte sie träumerisch. »Wir kennen uns jetzt erst acht Tage, aber mir erscheint es wie eine Ewigkeit. Und stell dir vor, er will mich jetzt jeden Tag von der Schule abholen!«

»Von der Schule abholen?!« sagte Billa mürrisch. »Und was ist mit mir?«

»Ich hab' ihm schon gesagt, daß du meine Freundin bist. Hannes sagt, er kenne dich schon vom Sehen und ihr würdet bestimmt gute Freunde werden. Den Schulweg machen wir zu dritt, das ist doch noch viel lustiger. Und weißt du was, Billa? Das erzähle ich nur dir. Verliebtsein ist ein schönes Gefühl, das mußt du auch erleben! Wenn ich mit Hannes zusammen bin, ist es nicht so, als wenn ich mit Patrick oder einem von unseren Jungen aus der Schule rede . . . Mir ist richtig komisch dabei. Verstehst du?«

»Nein!« erwiderte Billa abrupt.

Angela strahlte trotz des Neins und redete weiter. »Immer,

wenn wir spazierengehen, habe ich ein komisches Gefühl in der Magengegend, und alles ist schön, wenn wir zusammen sind. Weißt du, wie er aussieht? Er hat braune Augen, ganz viele Sommersprossen und lacht immerzu.«

»Nein!« sagte Billa noch einmal. »Nein – nein – nein!« Jetzt wußte sie, daß sie Angela trotz aller gespielten Vernunft nicht weiter zuhören konnte. Sie brach auch in Tränen aus. »Ich will es mir auch nicht vorstellen!« schrie sie. »Behalte du ruhig dein komisches Gefühl in der Magengegend und deinen blöden Hannes. Ich will ihn nicht kennenlernen und will lieber allein von der Schule nach Hause laufen! Dein Hannes kann mir den Buckel runterrutschen und du auch!«

Entgeistert starrte Angela sie an.

»Ich hab's geahnt, daß es so kommen wird«, schluchzte Billa. »Aber macht doch alle, was ihr wollt! Ich komme auch allein zurecht, ohne Tischtennis, ohne dich . . .« Sie ließ Angela stehen und rannte weg. Nach Hause wollte sie, weg von Angela und ihrer Treulosigkeit. Mit niemandem wollte sie darüber sprechen, daß ihre beste Freundin, der einzige Mensch, dem sie rückhaltlos vertraute, der die ganze Zeit zu ihr gehalten hatte, sie verraten konnte. Nie-niemals hätte sie gedacht, daß Angela sie derart im Stich lassen würde. Und wenn dieser Hannes Tausende von Sommersprossen hatte und den ganzen Tag lachte – Billa haßte ihn! Niemals würde sie ihn kennenlernen wollen!

Doch plötzlich wurde Billa unsicher. Was war eigentlich passiert? Hatte Angela wirklich ihre Freundschaft verraten? Hieß denn Freundschaft, daß Angela sich nicht verlieben durfte? War Billa nicht einmal drauf und dran gewesen, genau das zu tun, was sie bei Angela jetzt als Verrat empfand? Hatte sie für Philipp nicht auch mehr als freundschaftliche Gefühle gehegt? – Sicher. Aber sie hatte damit keine Freundin enttäuscht, die ihrer so dringend bedurfte, wie Billa im Moment Angela brauchte. – Es war Verrat, und Angela war nicht mehr ihre Freundin. Sie hatte jetzt ihren Hannes, der war ihr lieber, und Billa blieb allein. Aber Billa nahm sich fest vor, auch ohne Angela zurechtzukommen. Sie war froh, daß sie vorhin weggelaufen war. Sollte Angela sich Gedanken machen über ihre Freundschaft und ihren Verrat.

Vielleicht gab sie diesem Hannes den Laufpaß.

Beim Abendessen saß Billa mit rotverweinten Augen am Tisch. Die prüfenden Blicke ihrer Eltern konnte sie kaum ertragen. Hastig schlang sie das Abendessen hinunter und entschuldigte sich mit einer fadenscheinigen Ausrede, um auf ihr Zimmer gehen zu dürfen.

Als wenig später die Tür geöffnet wurde, wußte sie, ohne hinzuschauen, daß es ihr Vater war. »Nun, Billa«, bat er, »erzähl mir mal, was los ist. Angela kommt, sehnsüchtig erwartet, vom Landschulheim zurück. Ihr geht spazieren, und du erscheinst allein und heulend wieder zu Hause. Was gibt es denn?« Billa bemühte sich, ganz sachlich zu sein, konnte aber doch nicht verhindern, daß ihre Stimme ein bißchen trotzig klang. »Gar nichts. Angela hat mir lediglich eröffnet, sie habe einen Jungen kennengelernt, der Hannes heißt, und der sei ihr lieber als ich. Daraufhin bin ich weggerannt.«

»Genauso hat sie's gesagt? Sie mag ihn lieber als dich?« erwiderte ihr Vater ernst.

»Sie hat gesagt«, Billas Stimme schnappte über, und die Tränen kamen, »sie hat gesagt, sie könne nur noch an ihn denken, und er verursache ihr ein komisches Gefühl in der Magengegend . . . und . . .« Ihre Stimme wurde immer lauter. » . . . und er will sie jetzt jeden Tag von der Schule abholen, dabei haben wir doch den Schulweg immer gemeinsam gemacht, und bei mir hat sie nie ein komisches Gefühl im Magen gehabt!« Der Rest war Schluchzen, aber durch die Tränen, die Billa über die Wangen liefen, sah sie, daß ihr Vater lächelte.

»Bist du eifersüchtig?« fragte er.

Billa verlor wieder die Beherrschung und schrie und schluchzte wild durcheinander.

»Komm mal ganz nah zu mir her, Billamädchen«, sagte ihr Vater. »Setz dich auf meinen Schoß. So haben wir vor zwei Monaten noch gesessen und waren ganz zufrieden, nicht wahr?«

Billa nickte.

»Ich kann mir denken, wie hart dich Angelas Gefühle für diesen Hannes treffen müssen. Aber keiner kann etwas für seine Gefühle. Es ist schwer, das zu verstehen, gerade jetzt, da du in einer schwierigen Situation bist und schon vieles durch deine Krankheit hast aufgeben müssen. Aber ich bin ganz sicher, Angela wird dich auch jetzt nicht im Stich lassen. Das hat sie dir, wie ich sie kenne, wohl auch gesagt. Du wirst diesen Hannes in Kauf nehmen müssen und dich eben mit ihm anfreunden. Er ist bestimmt ein netter Junge, sonst hätte sich Angela nicht in ihn verliebt. Und irgendwann lernst du auch einen ebenso netten Jungen kennen, und dann macht ihr den Schulweg eben zu viert. Angela und du, ihr werdet immer noch gute Freundinnen sein – das hat mit den Jungen gar nichts zu tun. Weißt du, wenn man sich verliebt, dann ist das mit einer Mädchenfreundschaft so . . .«

Billa merkte, wie seine Stimme immer leiser wurde, d. h. sie wurde gar nicht leiser, sie klang für das Mädchen nur immer ferner und fremder.

Das beherrschende Gefühl in ihr war, daß also auch ihr Vater sich gegen sie stellte.

Gewiß, was er sagte, klang vernünftig, aber Billa witterte nun einmal überall Verrat und sie wollte nicht verstehen, was so einleuchtend klang. Angela hatte sie im Stich gelassen, der einzige Mensch, der Billas Krankheit akzeptiert hatte und zu ihr hielt. Und bei diesem Gedanken brach alles aus Billa heraus, was sich in den vergangenen Tagen und Wochen

angestaut hatte, ihre Probleme, Hoffnungen und ihre Resignation. Ihre Tränen versiegten, sie sah ihren Vater an und sagte leise, aber ganz böse: »Ist schon gut. Ich weiß, daß ihr alle gegen mich seid! Ist ja eigentlich auch richtig so. Denkt ihr, ich weiß nicht, was los ist? Daß ich nur noch ein halber Mensch bin? Ihr seid nur alle zu feige, es mir zu sagen. Ich habe Zucker, gut! Das Tischtennisspielen habe ich deswegen aufgeben müssen, auch gut! Ins Landschulheim konnte ich deswegen nicht mitfahren, auch gut. Angela nimmt die Gelegenheit wahr, sich einen Ersatz für mich zu suchen. Weißt du, was das für mich bedeutet? Ich muß Diät leben und mir jeden Tag eine Spritze ins Bein geben! Ein Krüppel bin ich, jawohl!« Jetzt schrie sie wieder. »Ein Krüppel bin ich, ein minderwertiger Mensch! Niemals werde ich mehr eine Freundin haben! Niemals werde ich einen Freund haben! Welcher Junge geht denn mit einem Mädchen wie mir tanzen? Kannst du mir das sagen?«
Sie sah das fassungslose Gesicht ihres Vaters. Er setzte zum Sprechen an. Da sprang Billa auf und schloß sich in die Toilette ein. Ihre Ruhe wollte sie haben.
Als sie nach einer ganzen Weile wieder in ihr Zimmer zurückkam, war der Vater gegangen.

18

Billa und Angela hatten seit ihrem Streit kein Wort mehr miteinander gesprochen. Billa litt weitaus mehr darunter als die Freundin, die jeden Mittag nach der Schule von Hannes abgeholt wurde.
Billa dagegen war fast ständig zu Hause. Wo sollte sie auch hingehen?

Sonntagmorgen bei Familie Paulsen. Lebhafte Diskussion beim Frühstück. Es ging um die Frage, die Patrick aufgeworfen hatte: »Was machen wir dieses Jahr über Weihnachten?«

»Mensch, Urlaub!« sagte Billa. »Daran habe ich überhaupt nicht mehr gedacht!«

»Wir gehen doch wieder Skilaufen«, bemerkte Patrick und erwartete wie selbstverständlich die Bestätigung seiner Eltern. Das war schließlich eine Tatsache. Seit Jahren fuhren Patrick und Billa über Weihnachten und Silvester mit ihren Eltern zum Skifahren in die Berge.

Betretenes Schweigen breitete sich aus. Herr und Frau Paulsen warfen sich vielsagende Blicke zu, antworteten jedoch nicht.

Patrick schaute, unsicher geworden, von einem zum anderen. »Was ist los?« fragte er betreten.

Billa aber sprang auf, stieß mit lautem Getöse ihren Stuhl um und schrie unbeherrscht: »Nun sagt doch schon, daß der Skiurlaub dieses Jahr ausfällt. Sagt, daß ich mit meiner verdammten Krankheit schuld daran bin!« Tränen liefen ihr über die Wangen, kopflos rannte sie aus dem Zimmer.

Herr Paulsen stand auf, folgte seiner Tochter mit finsterem Gesicht. Zurück blieben ein irritierter Patrick, dem jegliches Verständnis fehlte, und seine Mutter.

»Was ist hier eigentlich los?« fragte er gereizt. »Dürfte ich vielleicht auch erfahren, was hier gespielt wird?«

Frau Paulsen war wie ihre Tochter den Tränen nahe. »Bitte, Patrick«, sagte sie mit unterdrücktem Beben in der Stimme, »behalte wenigstens du deine Vernunft.«

»Dann erklär mir das doch«, sagte er ruhiger. »Welche Schwierigkeiten gibt es in bezug auf unseren Urlaub?«

»Etliche«, antwortete seine Mutter, »Billa muß Diät leben, vergiß das nicht.«

»Sicher. Es gibt doch wohl auch Hotels und Pensionen, die Diät kochen.«

»Die müssen aber erst gefunden werden«, erwiderte Frau Paulsen. »Außerdem muß man da lange Zeit vorher buchen.«

»Und warum haben wir das nicht getan?«

»Warum, warum?« schrie nun auch Frau Paulsen. »Hätten wir voraussehen sollen, daß Billa krank wird! Und als die Krankheit entdeckt wurde, schienen andere Probleme wichtiger zu sein als der Winterurlaub. Kannst du das verstehen?«

»Natürlich«, sagte Patrick kühl, »deshalb mußt du mich doch nicht so anschreien. Wir könnten doch sehen, was sich jetzt noch machen läßt.«

»Es ist auch ein finanzielles Problem, Patrick!«

»Ein finanzielles Problem!« antwortete er unwirsch. »Das ist ein ganz neuer Aspekt für mich. Kommt vor allen Dingen ein bißchen plötzlich. Ich weiß, daß wir keine Millionäre sind und das Geld nicht zum Fenster rausschmeißen können. Aber daß ein siebentägiger Urlaub, die Mehrkosten für Billas Extra-Essen eingeschlossen, plötzlich, nach fünf oder sechs Jahren zu teuer für uns sein soll, ist an den Haaren herbeigezogen.«

»Du bist ganz schön frech«, bemerkte seine Mutter. »Dann ist es wohl auch an den Haaren herbeigezogen, daß Billa jede Woche zur BZ-Kontrolle muß?«

»Es gibt auch in Urlaubsorten Ärzte, die einen Blutzucker bestimmen können!« erwiderte er aufsässig.

Frau Paulsen sah ihren Sohn erregt an. »Jawohl, die gibt es«, bermerkte sie, »aber wenn's noch deutlicher gesagt werden soll: dein Vater und ich haben beschlossen, dieses Jahr einmal auf den üblichen Urlaub zu verzichten.«

»Wenn ihr es bereits beschlossen habt«, sagte Patrick ruhig, »gibt's daran ja wohl nichts mehr zu ändern. Seit wann aber trefft ihr solche Entscheidungen ganz ohne Billa und mich? Haben wir nicht immer alles gemeinsam beschlossen?«

»Ja, leider«, antwortete Frau Paulsen. »Wenn ich deine Unverschämtheiten höre, muß ich das nachträglich sehr bedauern.«

Nun sprang auch Patrick wütend auf. »So, bedauern mußt du das!« schrie er. »Noch vor einigen Monaten hast du behauptet, wir seien mit diesen zu viert getroffenen Entscheidungen immer gut gefahren. Aber seit Billas Krankheit kann ja bei uns nichts mehr sachlich diskutiert werden!«

»Das mußt du gerade sagen«, bemerkte Frau Paulsen.

»Was soll denn das jetzt schon wieder heißen?«

»Dich berührt Billas Krankheit doch am wenigsten. Für dich ist doch alles beim alten geblieben. Für dich ist Billa nach wie vor zum Streiten gut genug. Alles andere interessiert dich doch wenig.«

»Wer fängt denn meistens an?« fragte Patrick ungeduldig.

»Ich weiß, ich weiß«, erwiderte seine Mutter müde, »aber kannst du dir nicht vorstellen, daß Billa bei all ihrer Kaltschnäuzigkeit unter ihrer Krankheit leidet und deine Hilfe ebenso braucht wie unsere?«

»Nein«, antwortete er hart. »Wenn sie es täte, müßte sie sich anders verhalten. Im Gegenteil, sie zieht ja noch Vorteile aus ihrer Krankheit, wo es nur geht.«

»Weil das für sie wahrscheinlich die beste Möglichkeit ist, die Umstellung zu verarbeiten.«

Patrick hielt sich die Ohren zu und schrie: »Laßt mich in Ruhe mit eurer Billa! Alles, was sie tut, wird entschuldigt! Ich kann das nicht mehr hören! Willst du wissen, wie's wirklich aussieht? Für euch existiert doch nur meine liebe Schwester. Schon früher hat sich alles nur um sie gedreht, seit ihrer Krankheit ist es nur noch schlimmer. – Liebling Billa, dein und Vaters einziger Augapfel! Immer wird ihr alles nachgesehen! Mit einem reizenden Lächeln schafft sie mehr als ich mit drei guten Arbeiten. Sie ist ja auch so hübsch, so beliebt, so charmant! – Ich war immer Patrick, der Vernünftige, der Streber, dessen gute Leistungen in der Schule Selbstverständlichkeit sind, und der neben der ach so reizenden Billa als farbloser Bruder die zweite Geige spielt.

Ich hab' das immer verstanden, was konnte ich auch dagegen machen. Aber seit Billa krank ist, richtet sich unser ganzer Tagesplan nur noch nach ihr, nach ihren Essenszeiten, nach dem, was sie will, denkt und tut. Patrick, du weißt doch, daß es bei uns keinen Pudding mehr gibt. – Billa darf schließlich keinen essen. Aber *ich* darf, bloß interessiert das keinen! Patrick, wir können nicht in Urlaub fahren – wir müssen in der Nähe der Klinik bleiben, Billa braucht sie. Jawohl! Aber *ich* brauch' die Klinik nicht, ich will raus aus dieser stickigen Luft und meine Schwester mitsamt ihrem bedauernswerten Diabetes auf den Mond schicken!«

Er stand jetzt dicht vor seiner Mutter, und sein Gesicht war von Wut entstellt. Frau Paulsen hob die Hand, als wolle sie ihn für das Gesagte schlagen, nahm aber ihre Hand wieder zurück.

Patrick schrie: »Schlag mich doch! Das fehlt gerade noch! Dann kotzt mich alles noch mehr an!«

Damit stürzte er wütend aus dem Zimmer und ließ die fassungslose Mutter zurück.

Zur gleichen Zeit versuchte Herr Paulsen seine aufgelöste Tochter zu beschwichtigen. »Wir haben ganz einfach Angst, mit dir in Urlaub zu fahren«, sagte er besänftigend. »Das mußt du glauben, Billa. Wir müssen uns alle erst mit deiner Krankheit vertraut machen, das ist doch keine Schande. Schließlich können wir einmal Weihnachten und Silvester zu Hause verbringen.«

»Ich versteh' es ja«, flüsterte Billa heiser.

»Schau, Billa«, fuhr Herr Paulsen fort, »Mutti und ich meinen, daß deine Krankheit für uns alle noch viel zu neu ist, als daß wir Experimente wagen könnten. Wir müssen befürchten, daß an einem fremden Ort etwas passiert, dem wir nicht gewachsen sind. Keiner von uns dreien weiß bis jetzt, wie er sich im Notfall, wenn z. B. aus irgendwelchen Gründen dein

Blutzucker ganz plötzlich steigt oder sinkt, verhalten soll. Vorläufig bleibt uns bei etwaigen Zwischenfälen nur die Klinik, die dich kennt und uns schnell helfen wird. Verstehst du das?«

»Ja!«

»Nächstes Jahr sieht alles vielleicht schon ganz anders aus. Da werden wir ein Ferienhaus mieten und einen tollen Urlaub verbringen. Da sind du und wir soweit, daß wir eventuelle Veränderungen bemerken können und wissen, wie wir uns verhalten müssen.«

»Vielleicht!« erwiderte Billa deprimiert.

»Ich glaube, sicher!« sagte Herr Paulsen zuversichtlich. »Aller Anfang ist schwer. Wir müssen das einsehen und dürfen keine unnötigen Risiken eingehen.«

Billa lächelte ihrem Vater unter Tränen zu. »Ist gut, Vati«, sagte sie. »Ich versteh' ja alles, es bleibt mir ja auch nichts anderes übrig. Wenn ich dich und Mutti nicht hätte . . .«

»Jetzt hör aber auf«, erwiderte Herr Paulsen, »wir müssen nun schleunigst rüber in die Küche. Deine arme Mutter wird in Tränen aufgelöst sein. Das können wir nicht verantworten.«

Billa putzte sich geräuschvoll die Nase. »Wie damals in der Klinik«, sagte sie lächelnd.

»Ja«, bemerkte er schmunzelnd.

Gemeinsam gingen sie aus dem Zimmer und stießen geradewegs auf Patrick, der einem wütenden Stier gleich in sein Zimmer stürmte.

»Um Gottes willen?!« fragte Billa erschrocken, »was ist denn los? Wo ist Mutti?«

»Du kommst mir gerade recht«, knurrte er böse, »halt deinen Mund und scher dich zum Teufel! Am besten für immer.«

»Benimm dich, Patrick!« mahnte Herr Paulsen.

Da war es mit Patricks mühsam zurückgehaltener Erregung erneut vorbei. Unbeherrscht schrie er seinem Vater entgegen: »Patrick, sei lieb, Patrick, sei brav, Patrick, nimm Rücksicht!

So geht es, seit ich denken kann. Jetzt hat sie dich wieder eingewickelt! Billa, die Arme, die Kranke, die Leidende. Billa – Billa – Billa, nichts anderes kriegt man mehr zu hören!«

»Halt deinen Mund, Patrick!«

»Warum?« schrie er. »Weil ich einmal in meinem Leben die Wahrheit laut sagen will? Sie soll es nur hören, das Fräulein Billa, das sich meine Zwillingsschwester schimpft.«

»Du weißt ja nicht, was du sprichst«, unterbrach Herr Paulsen seinen Sohn.

»Oh doch«, sagte Patrick böse. »Ich hab' nur jetzt die Nase voll. Die Billa hat es immer verstanden, euch um den kleinen Finger zu wickeln und mich auszustechen. Früher hat sie es mit ihrem hübschen Gesicht, ihren frechen Reden und ihrer Schmuserei geschafft, sich anzuschmeicheln. Aber heute hat sie das alles nicht mehr nötig. Jetzt hat sie ein ganz heißes Eisen im Feuer.«

»Und das wäre?« fragte Billa.

»Deine gottverdammte Krankheit!« schrie er. »Gib doch zu, daß sie dir gelegen kommt! Mit der Krankheit als Rückendeckung könntest du wer weiß was tun! Alles würde entschuldigt werden. Du hast ab jetzt Narrenfreiheit – wie schön für dich. Nütz es nur aus!«

Billa sah gerade noch, wie ihr Vater Patrick hart am Arm faßte, ihn in sein Zimmer drängte und etwas von Hausarrest schrie. Schluchzend rannte sie zurück in ihr Zimmer. Nach einer ganzen Weile hörte sie, wie die Tür geöffnet wurde und ihr Vater sich zu ihr aufs Bett setzte. Sie konnte seine mitleidige sanfte Stimme nicht mehr ertragen. »Bitte, Vati!« brachte sie mit dem letzten Rest mühsam zusammengekratzter Selbstbeherrschung zusammen. »Ich kann jetzt keine Erklärungen verkraften. Laß mich allein!«

»Aber . . .«, wandte er ein.

»Bitte!« flehte Billa.

Da stand er auf und ging aus dem Zimmer.

19

Was war bloß los? Wie spät mochte es sein? Waren Stunden oder erst Minuten vergangen?

Billa wußte es nicht. Sie lag angezogen auf ihrem Bett. Ihr Gesicht war heiß und aufgequollen vom Heulen, der Mund ausgetrocknet. Sie lauschte. Die Stimmen im Haus hatten aufgehört, der Unfrieden war also beigelegt – für heute. Aber wie lange?

Billa erinnerte sich an den erregten Streit vor ihrer Türe – massive Vorwürfe des Vaters über das Verhalten Patricks. Der Bruder hatte versucht, sich zu rechtfertigen, mit anfangs wutentbrannter Stimme, die sein Nichtverstehen zum Ausdruck brachte. Seine Wut war schließlich in Resignation übergegangen. Er wußte, daß er gegen die Eltern und ihren Willen niemals ankommen würde. Das traf Billa noch mehr. Der wütende streitlustige Patrick war etwas Altgewohntes, aber diese tonlose Stimme, die am Schluß vor Schluchzen kaum mehr sprechen konnte, hatte sie noch niemals erlebt.

Und das Schlimme war, daß sie – sie ganz alleine – an alldem die Schuld trug. Sie mit ihrer verdammten Krankheit, mit der sie nicht fertigwerden konnte und die alles zerstörte.

Wieder kamen ihr die Tränen. Tränen der Verzweiflung und der Hoffnungslosigkeit. Sie warf sich aufs Bett und preßte ihren Kopf ins Kissen. Aber nicht einmal so verließ sie das Gefühl von Krankheit und Minderwertigkeit, das sie empfand, seit sie aus dem Krankenhaus entlassen worden war. Nicht einmal jetzt verließen sie ihre deprimierenden Gedanken, obwohl sie sich verzweifelt bemühte, sie zu verdrängen.

Wäre das doch niemals passiert! Warum mußte ausgerechnet sie diese Krankheit haben, warum hatte sie nicht weiterleben können wie zuvor. Was sollte sie nur tun? Wer konnte ihr helfen?

Verzweifelt ging Billa alle Möglichkeiten durch. Wo war ein Ausweg? Ein Gedanke schoß ihr durch den Kopf. Sie klammerte sich daran fest, weil er ihr die einzige Möglichkeit schien. Sie sah in Gedanken Philipp vor sich, den einzigen, der ihr vielleicht würde helfen können. War er derjenige, dem sie alles erzählen konnte? Der bereit war, zuzuhören? Er würde nicht vergessen haben, wie Billa ihn nach der schönen Zeit im Krankenhaus hatte fallenlassen wie etwas Unnützes, das man beiseite schiebt. Eine nette Erinnerung, aber eine, derer man sich schämt.

Aber mußte er das nicht verstehen können? Mußte er ihr nicht helfen wollen? Alle Überlegungen Billas endeten in der Frage: Konnte sie es nicht zumindest versuchen?

Als Billa vor Philipps Haustür stand, klopfte ihr das Herz bis zum Halse. Die Erleichterung, die sie nach dem gefaßten Entschluß durchflutet hatte, fiel mit einem Schlage von ihr ab. Woher nahm sie die Sicherheit, daß Philipp sie nicht kurzerhand vor die Tür setzen oder sich ganz einfach verleugnen lassen würde? War ihre Hoffnung nicht kindisch und egoistisch obendrein?

Aber nun war es für solche Zweifel zu spät. Es gab nur noch diese Möglichkeit oder ein schnelles Zurück – und das war ausgeschlossen. Zaghaft drückte Billa auf den Klingelknopf und erschrak zutiefst, als wenige Sekunden später bereits die Tür geöffnet wurde.

»Billa, du?« fragte eine erstaunte Stimme.

»Tag, Philipp«, sagte Billa leise.

Zögernd trat er ein paar Schritte zurück. »Willst du hereinkommen oder . . . ?«

»Danke« erwiderte Billa unschlüssig. »Deine Eltern . . . ?«

Sie wollte fragen, ob seine Eltern nicht zu Hause wären, aber er ging gar nicht darauf ein. »Bist du von zu Hause abgehauen?« fragte er statt dessen.

»Das nicht! Wir hatten Krach. Aber das ist eine lange Geschichte.«

»O.k.«, sagte er, »setz dich schon mal hier rein. Ich muß meinen Eltern Bescheid sagen, daß du hier bist. Komme gleich zurück.«

»Nicht sagen, daß ich . . .«, rief Billa hinter ihm her.

Aber Philipp hatte bereits die Tür hinter sich geschlossen. Als er nach kurzer Zeit zurückkam, setzte er sich Billa gegenüber, lachte ihr aufmunternd zu und sagte einfach: »Nun mal los!« Und Billa fing an zu erzählen. Die Reaktionen der Nachbarn, das unerträgliche Mitleid . . . die Sportfahrten mit dem Tischtennisclub, die plötzlich nicht mehr möglich sind . . . der verpatzte Landschulheimaufenthalt . . . Angela und Hannes und schließlich die Vorwürfe Patricks!

Sie ließ nichts aus. Hier war jemand, der das verstand. Philipp hatte das alles auch schon durchgemacht. Er kannte das Gefühl, »draußenzustehen«, nicht zu den Gesunden zu gehören. Von allen Seiten mitleidig angeschaut zu werden, auf vieles zu verzichten und dabei noch das Gehänsel ertragen zu müssen.

Als Billa geendet hatte, sagte sie deprimiert: »Ach, Philipp, ich habe solche Angst. Jeden Morgen, wenn ich aufwache, fangen alle Probleme wieder an. Hier, wenn ich es dir erzähle, erscheint mir alles übertrieben – als wenn es gar nicht so schlimm gewesen wäre. Aber es ist so! Und ich weiß einfach nicht mehr weiter. Was soll ich bloß tun? Ich habe nie gedacht, daß es einmal so schlimm werden würde!

»Es ist auch nicht so schlimm«, antwortete er zuversichtlich. »Du bist jetzt einfach verzweifelt.«

»Ach, Philipp«, seufzte Billa, »wenn du das sagst, klingt es richtig, aber . . .«

»Du hast mich«, sagte er tröstend, »du hast Angela und vielleicht auch Hannes – an dem Krach bist du ganz allein schuld. Du hast deine Eltern.«

»Aber außer euch? Wer wird mir sonst noch helfen wollen?«

»Wahrscheinlich niemand«, sagte er zögernd.

»Aber wieso denn?« fragte Billa verzweifelt. »Ich bin doch noch die gleiche wie vor meiner Krankheit auch?!«

»Das bist du nicht!« sagte Philipp nachdrücklich und sehr ernst. »Wie ich aus deinen Erzählungen entnehme, hat dein bisheriges Leben nur aus Tischtennis, Schwimmbad und sonstigen Vergnügungen bestanden. Alle Leute, die du kanntest, deine ganzen Freunde, haben Dinge, die keinen Spaß bereiten, aus ihrem Leben ausgeklammert. Stimmt das?«

Resigniert zuckte Billa mit den Achseln. »Wo ich war, gab's immer Spaß und Trubel«, sagte sie. »In der Schule, in der Clique . . .«

»Siehst du!« nickte Philipp. »Das ist jetzt nur noch bedingt möglich. *Du* mußt das hinnehmen. Deine Freunde sind gesund. Sie wollen wegen dir und deiner Krankheit nicht gezwungen werden, Rücksichten zu nehmen, dir zuliebe auf manches zu verzichten. Sie wollen einfach nicht mitbetroffen sein, weil es anders problemloser ist. Sie wehren sich, indem sie dich beiseiteschieben und sich je nach dem über dich ärgern oder sich über dich lustig machen.«

»Aber im Krankenhaus ging es doch so gut«, warf Billa ein. »Keiner hat mich gehänselt, alles war nur halb so schlimm.«

»Natürlich«, stimmte Philipp zu. »Das ist vollkommen klar. Im Krankenhaus ist es gerade umgekehrt. Da ist jeder krank, da ist es ›normal‹ krank zu sein.«

»Du hast recht«, sagte Billa. »Aber was soll ich denn bloß tun?«

»Zuerst einmal«, erwiderte Philipp nachdenklich, »mußt du dir sagen, daß du nichts ändern kannst. Deine Krankheit ist da. Du kannst sie verleugnen, kannst heulen und wütend sein – sie geht nicht weg.«

»Und dann?«

Philipp gab zunächst keine Antwort. »Weißt du«, sagte er schließlich zögernd und brach wieder ab. Er setzte einige Male erneut zum Sprechen an, schien Billa aber gar nicht mehr wahrzunehmen. Eigentlich sprach er jetzt mehr zu sich selbst. »Weißt du«, begann er von neuem, »bei mir war es ja eigentlich ähnlich. Als ich das erstemal krank wurde, war ich erst vier und nur von dem Gedanken beherrscht, daß Spritzengeben weh tut und das ewige Im-Bett-Liegen furchtbar ist. Ich tobte bei jeder Injektion wie ein Wahnsinniger. Als ich in die Schule kam, merkte ich, daß ich anders als die anderen war. Am Turnunterricht konnte ich nicht teilnehmen. In der Pause mußte ich oft im Klassenzimmer sitzenbleiben, da ich irgendeine minimale Blutung am Knie oder sonst irgendwo hatte und meine Eltern den Lehrer angewiesen hatten, mich nicht laufen zu lassen, um das Knie zu schonen. Natürlich wurde ich mit dem Auto in die Schule gebracht und wieder abgeholt. Anfangs war ich ein Lacherfolg für meine Klassenkameraden, später wurde ich uninteressant – sie ließen mich einfach links liegen. Zudem war ich in meinen Leistungen dank der vielen Krankenhausaufenthalte immer einer der Schwächsten in der Klasse. Ich konnte das Verhalten meiner Klassenkameraden also durchaus verstehen – mit mir konnte man schließlich nichts anfangen. Das führte dazu, daß ich vor lauter Unglück und Einsamkeit mit Absicht mein Knie verletzte, um in die Klinik zu dürfen!«

»Zu dürfen?« warf Billa erschrocken ein.

»Du hast richtig gehört«, nickte er. »Um in die Klinik zu dürfen. Denn dort war ich einer unter vielen. Keiner lachte mich aus. Im Gegenteil – hier war ich noch obenauf, da es mir meistens besser ging als den anderen. Das war natürlich auch keine Lösung. Und ganz allmählich kapierte ich, worauf es ankam. Das war, als mein kleiner Bruder geboren wurde. Er war von Geburt an schwachsinnig, lag nur in seinem Bett und mußte gepflegt werden. Oft ging es ihm richtig schlecht, da er so anfällig für alles war. Meine Mutter war wirklich klasse, sie wachte manchmal die ganze Nacht, um aufzupassen. Meine ältere Schwester half überhaupt nicht. Sie war ziemlich oberflächlich und hatte sich auf ein Geschwisterchen gefreut, mit dem sie spazierengehen und angeben konnte. Das war mit Georg natürlich nicht drin. Da wurde sie mißmutig und schlechtgelaunt. Sie sagte immer, wir sollten Georg in ein Heim geben, ihre Klassenkameraden machten sich schon lustig über sie. Sie sagte wörtlich: Der eine Bruder ist ein Bluter, der andere ein Idiot. Schöne Familie, in die ich da geraten bin! Bluter und Idiot, das war für sie eines. Darum ist sie auch so früh aus dem Haus gegangen. Ich hätte eigentlich einen Haß auf Georg haben müssen, aber das Gegenteil trat ein. Ich liebte ihn, und er brauchte mich. Überhaupt merkte ich das erstemal in meinem Leben, daß ich zu etwas anderem taugte, als ein Krankenhausbett zu füllen. Meine Mutter war dankbar. Wir hielten zusammen wie Pech und Schwefel. Ich sah mich vor wie nie in meinem Leben, denn was hätten Georg und meine Mutter ohne mich angefangen? Es ging auch wirklich gut. Fast ein Jahr hatte ich kaum erwähnenswerte Blutungen und war ständig zu Hause. Hinzu kam, daß mir Georg zeigte, wie gut es mir doch eigentlich ging. Er war vollkommen hilflos, in jeder Hinsicht, körperlich und obendrein auch geistig kaum entwicklungsfähig. Ich mußte nur etliche Dinge aus meinem Leben ausklammern, brauchte sonst aber nichts zu entbehren. So kam es, daß ich einen unheimlichen Ehrgeiz auf den Gebieten entwickelte, auf denen es mir möglich war. Ich wurde innerhalb von sechs Monaten Klassenprimus, was meine Selbstsicherheit enorm hob und mir die Aufmerksamkeit meiner Klassenkameraden verschaffte. Und danach ging alles ganz einfach. Ich gewöhnte mir ab, zu hadern und mürrisch zu sein, und einige Jungen merkten, daß es auch mit mir ganz interessant sein konnte. Und was schließlich aus mir geworden ist, siehst du ja nun leibhaftig vor dir!«

Jetzt flachste Philipp wieder, aber Billa merkte, daß ihm seine

Beichte schwerer gefallen war, als er zugeben wollte. »Was ist aus Georg geworden?« fragte sie leise.

»Er ist gestorben!«

Billa mußte ein paarmal schlucken und sagte nichts mehr. Sie saß gedankenversunken und zutiefst getroffen da. Das war wieder der andere Philipp, der da vor ihr saß, nicht der beliebte Spaßmacher, der alle Schwierigkeiten mit einem Achselzucken und einem Grinsen hinnahm.

Nun fühlte sie obendrein, daß Philipps Gleichmütigkeit hart erkämpft war. Aber eigentlich war es auch keine Gleichmütigkeit, denn Gleichmütigkeit bedeutet immer auch eine gewisse Resignation. Doch genau die war nicht Philipps Art. Er hatte sich nur mit seiner Krankheit auseinandergesetzt und gelernt, mit ihr fertig zu werden.

Laut fragte sie: »Was willst du damit sagen?«

»Daß es Schlimmeres gibt, Billa, als auf Sportfahrten verzichten zu müssen oder kein Eis mehr essen zu dürfen«, erwiderte er überzeugt. »Man muß es nur lernen, sich damit abzufinden. Und ich habe es von Georg gelernt.

Es gibt Tausende von Menschen, die viel hilfloser sind als du und ich und trotzdem nicht aufgeben und fröhlich sein können!«

Billa nickte wortlos.

Eine Stunde später lag Billa in Philipps Bett.

Sie hatte energisch protestiert.

»Weißt du eigentlich, wie spät es ist?« fragte Philipp.

»Nein!«

»Mitternacht! Ich mag dich jetzt nicht mehr nach Hause bringen. Du kannst doch genausogut hier schlafen!«

»Aber meine Eltern . . . «

»Sie wissen, daß du hierbleibst!« unterbrach er sie. Da gab Billa nach. Todmüde war sie und so froh, daß sie gleich ins Bett sinken konnte, ohne den Eltern noch einmal begegnen zu müssen.

Aber schlafen konnte sie trotzdem nicht. Unaufhörlich ging ihr durch den Kopf, was Philipp gesagt hatte.

Das erstemal in ihrem Leben ging Billa ernsthaft mit sich ins Gericht. Sie überlegte, was für ein Mensch sie gewesen war, bevor die Krankheit ihr Leben verändert hatte. Sie hatte nichts von den Dingen gewußt, die im Leben wirklich wichtig sind, und ernstere Sorgen nicht gekannt. Philipp hatte recht, wenn er sagte, daß ihr früheres Leben sich zwischen Schule, Tischtennis und ähnlichen Dingen abgespielt habe. Probleme waren es bereits gewesen, wenn sich der Nachmittagsunterricht nicht mit dem Tischtennistraining hatte vereinbaren lassen oder ein wichtiges Spiel verlorengegangen war.

Und so waren auch ihre Freunde gewesen. Ihre gemeinsame Devise hatte geheißen: allen Schwierigkeiten aus dem Weg gehen, möglichst unbeschwert den Tag verbringen. Nur keine Rücksichten nehmen!

Was hätte sie selbst denn getan, wenn einer ihrer Tischtennisfreunde ernsthaft krank geworden wäre? Ulrike zum Beispiel? Hätte sie nicht versucht, die Freundin aus der Clique zu drängen, um nicht auf sie Rücksicht nehmen zu müssen?

Denn sie selbst wäre dann ja gesund gewesen, hätte es sich leisten können, die Krankheit Ulrikes mit der Überheblichkeit des Nicht-Betroffenen zu sehen.

Billa fiel ganz plötzlich ein Junge aus ihrer Nachbarschaft ein, der seit seiner Geburt zurückgeblieben war und von seiner Mutter wie ein Kleinkind umhegt wurde. Sie war immer dabei gewesen, wenn man ihm üble Streiche gespielt hatte. Niemals war es ihr in den Sinn gekommen, sich über die Fragwürdigkeit jener Späße Gedanken zu machen – trotz der Verzweiflung des Jungen und der Traurigkeit der Mutter. Billa mußte auch an Karen denken, die sie an jenem Nachmittag hatte besuchen wollen. Was mußte Karen empfunden haben, als sie so erniedrigend vor der Tür mit billigen Entschuldigungen abgespeist worden war?

Warum hatte sie sich eigentlich geschämt, die neue Freundin aus dem Krankenhaus mit ihren alten Freunden zusammenzubringen? Hätte sie Karen nicht vor den anderen in Schutz nehmen können? Hätte sie sich nicht vielmehr ihrer alten Clique schämen müssen, die sich unter Peters Kommando auf Philipps und Karens Kosten amüsiert hatten, obschon sie beide nicht kannten?

Aber das war es eben. Mit diesen beiden verhielt es sich ähnlich wie mit dem Kranksein überhaupt. Krankheit hatte für Billa immer Windpocken, Masern oder Grippe bedeutet. Ein Bluter, was war das? Billa hatte das Wort schon mal gehört, aber immer nur in Verbindung mit Königshäusern und nie geahnt, daß es viele Menschen gab, die mit dieser Krankheit leben mußten.

Diabetes? Gut, das war eine Krankheit, die alte Leute hatten, bei der man Tabletten schluckte und keine Süßigkeiten essen durfte.

Auf jeden Fall waren es immer Dinge, die die anderen betrafen und damit uninteressant waren. Niemals wäre ihr eingefallen, daß sie selbst einmal in eine solche Ausnahmesituation kommen könnte.

Nun stand sie mittendrin. All ihre Freunde verhielten sich so, wie sie sich selbst, wenn sie ganz ehrlich war, als Außenstehender auch verhalten würde.

Philipp hatte recht. Es gab nur wenige, die zu ihr hielten. Angela hatte es getan und würde es trotz Hannes auch weiterhin tun. Philipp selbst wollte zu ihr halten.

Das waren nur zwei Beispiele, aber sie zeigten, daß Billa nicht allein war.

Vielleicht würden Tage kommen, an denen sie mit ihrem Schicksal hadern würde, das ausgerechnet sie mit dieser Krankheit bedacht hatte. Aber jetzt im Moment war alles, was damit zusammenhing, klein und unbedeutend.

Und mit diesem Gedanken schlief Billa endlich ein.

20

Was Billa nicht wußte, was sie auch nicht hätte ahnen können: Philipp und sie waren die ganze Zeit allein in der Wohnung! Philipp hatte seinen Eltern gesagt, daß Billa wahrscheinlich etwas länger bleiben würde – aber nicht nur das. In wenigen Worten hatte er versucht, ihnen den ganzen Sachverhalt klarzumachen.

»Billa ist von zu Hause fortgegangen!« erklärte er. »Ich weiß nicht warum, aber sie will es mir erzählen. Hier ist ihre Adresse. Ihr tätet mir einen großen Gefallen, wenn ihr ihren Eltern sagen würdet, daß sie hier ist – vielleicht über Nacht hierbleibt. Sicher machen sie sich Sorgen.«

Das war alles. Aber Philipps Eltern, daran gewöhnt, daß alles, was ihr Sohn tat, Hand und Fuß hatte, beschlossen, Billas Eltern nicht einfach nur anzurufen, sondern das Ganze mit dem üblichen Abendspaziergang zu verbinden und bei Paulsens vorbeizugehen. Persönlich ließ sich so etwas besser bereden.

So kam es, daß zur gleichen Zeit auch Philipps und Billas Eltern zusammensaßen und ein angeregtes Gespräch führten. Bald waren sich alle vier sympathisch, zumal Paulsens auch beruhigt waren, Billa in sicherer Obhut zu wissen. Sie zweifelten zwar insgeheim, ob ein 15jähriger Junge den besten Schutz für ein wenig jüngeres Mädchen abgeben könne, aber Philipps Eltern beruhigten sie damit, daß niemand Billa besser helfen könne als ein Junge, der ähnliches durchgemacht habe wie sie.

Und während Philipp und Billa immer noch Billas Probleme erörterten, mußten Paulsens erfahren, daß ihre Schwierigkeiten mit Billa und ihrer Krankheit, die Umstellung für die gesamte Familie, die Eifersüchteleien Patricks gar nichts Außergewöhnliches waren.

»Geburtswehen«, bemerkte Philipps Vater gleichmütig. »Kommen in jeder Familie vor, die plötzlich vor die Situation gestellt ist, ein chronisch krankes Kind zu haben. Was Billa fehlt«, fuhr er fort, »ist etwas Abstand von der Familie. Den braucht auch ihr Zwillingsbruder. Die Gewißheit, daß er auf die Dauer keineswegs auf alles verzichten muß, was Freude macht!«

»Zum Beispiel auf das geliebte Skifahren«, seufzte Herr Paulsen. »Dieser Verzicht hat ihn schwer getroffen. Die Hoffnung aufs nächste Jahr ist doch allzu ungewiß – das ahnt Patrick schließlich auch.«

In diesem Moment ergriff Philipps Mutter, die die ganze Zeit schweigend zugehört hatte, das Wort. Sie machte einen Vorschlag, der ihr, wie sie sagte, schon seit zwei Stunden im Kopf herumspukte.

Man diskutierte ihn bis spät in die Nacht hinein und verabschiedete sich schließlich mit dem Gefühl, ein kleines Komplott geschmiedet zu haben.

Als Philipps Eltern nach Hause kamen, lag die erschöpfte Billa in tiefem Schlaf. Ihr Sohn hielt sich nur mit Mühe auf den Beinen und empfing die Eltern mit vorwurfsvollem Gesicht. »Wo seit ihr bloß so lange gewesen? Ich sitze wie auf glühenden Kohlen!«

»Nun entschuldige mal«, meinte seine Mutter trocken. »Wer hat uns denn zu Billas Eltern geschickt? Warst das nicht du?«

»Aber doch nicht so lange«, ewiderte er angriffslustig, »was habt ihr denn gemacht?«

Seine Eltern lächelten sich vielsagend zu. »Mein lieber Philipp«, antwortete sein Vater, »du hast dein Geheimnis« – er deutete auf die Türe, hinter der Billa schlief – »wir haben unseres. Wir fragen dich nicht nach deinem und behalten das unsere für uns. Und jetzt gehen wir schlafen.«

Philipp gab sich lachend zufrieden. »Lang ist die Nacht sowieso nicht mehr«, bemerkte er schadenfroh. »Ich hab' euren Wecker schon auf 6 Uhr gestellt. Billa muß sich um 6.15 Uhr spritzen, bis dahin muß ich sie nach Hause gebracht haben.«

Zwei Tage später waren alle bei Paulsens versammelt. Philipp, seine Eltern, Angela und Hannes. Eine gutgelaunte Billa saß auf dem Sofa. Die inzwischen ausgesöhnte Angela wirkte neben ihrem großen sommersprossigen Hannes noch zarter und blasser als sonst.

»Übrigens fahren wir mit Patrick nun doch über Weihnachten und Silvester in die Berge«, sagte Frau Paulsen beim Essen.

»Was?!« fragten Billa und Patrick gleichzeitig.

»Warum jetzt doch?« Das war Patrick allein.

»Und ich?« Das kam von Billa.

»Wir dachten«, sagte Herr Paulsen zu seinem Sohn, »du hättest vielleicht doch nicht so ganz unrecht mit deinen Behauptungen. Du bist wirklich in letzter Zeit zu kurz gekommen!«

»Ach was«, wehrte er ab. »War doch alles nicht so gemeint.« Ein schuldbewußter Blick in Billas Richtung folgte.

»Oh, auf Billa mußt du keine Rücksicht nehmen«, fuhr Herr Paulsen fort, der Patricks Blick gefolgt war. »Billa ist anderweitig eingeladen. Sie fährt mit Philipp und seinen Eltern in deren Wochenendhaus. Es ist ganz hier in der Nähe. 20 km von der Klinik entfernt, also ideal.«

»Und ihre Spritzerei und das Essen?« fragte er irritiert.

»Spritzen kann sie sich allein!« antwortete Herr Paulsen. »Und was das Essen anbelangt, wird Philipps Mutter ihr wohl ein bißchen helfen müssen. Aber es wird schon gehen.«

Seinen Worten folgte ein begeisterter Aufschrei Billas, die unter fortwährenden Freudenrufen immer abwechselnd Vater und Mutter umarmte. Auch Patrick und Philipps Eltern blieben von ihren stürmischen Umarmungen nicht verschont.

»Du bist also einverstanden?« fragte Philipps Mutter erwartungsvoll.

»Einverstanden?!« erwiderte Billa aufgeregt. »Was für eine Frage! Ich könnte mir nichts Schöneres denken, als Weihnachten mit Philipp zu verbringen!«

»Mit Philipp und seinen Eltern!« erinnerte Herr Paulsen mahnend.

»Natürlich auch mit ihnen!« jubelte Billa und schickte gleich ein folgsames »Vielen Dank für die Einladung« hinterher.

»Also dann«, sagte Philipps Vater. »Am 23. geht's los. Mitgenommen wird nur das Allernotwendigste an Gepäck, wenn du magst, deine Skier und vor allem einen großen Koffer mit guter Laune.«

»Einen!« schrie Billa ausgelassen. »Mindestens drei Koffer guter Laune werde ich mitnehmen!«

21

Billas erster Urlaub ohne die Eltern! Es war auch das erste Weihnachten ohne sie.

Aber sie vermißte die Familie nicht und bedauerte keinen Augenblick, mit Philipp und seinen Eltern gefahren zu sein.

Im Gegenteil – Billa war restlos glücklich! Kaum konnte sie es erwarten, daß ein neuer Tag anfing. Sie war nicht mehr die oft mißmutige und verzagte Billa der letzten Zeit, die beinah jeden neuen Tag mit schlechter Laune und Angst begonnen hatte. Sie war wieder die alte Billa, die ihre Umgebung mit ihrer Fröhlichkeit ansteckte.

Und doch war etwas anders – zumindest für sie selbst! Denn Billa war verliebt! Sie konnte sich ein Leben ohne Philipp schon nicht mehr denken. War es wirklich erst so kurze Zeit her, daß sie Angela ihre Gefühle für Hannes übelgenommen hatte? Das schien ihr jetzt unvorstellbar. Sie wußte jetzt, wie schön es war, einfach dazusitzen und sich an den Händen zu halten. Daß das »komische Gefühl im Magen«, das Angela ihr geschildert hatte, wirklich existierte! Billa hatte zu Heiligabend von ihren Eltern eine Gitarre bekommen, die Philipps Eltern ihr feierlich überreichten. Sie war vor Überraschung und Freude sprachlos. »Mit so etwas hätte ich nie gerechnet«, gab sie strahlend zu. Philipps Eltern freuten sich mit ihr. Und Philipp lieferte denn auch prompt die Gitarrenschule dazu.

»Von mir und meinen Eltern«, sagte er verlegen, »damit du richtig lernen kannst, darauf zu spielen.«

Billa war zu sehr damit beschäftigt, den Weihnachtsbrief ihrer Eltern zu öffnen, um seine Verlegenheit zu bemerken. »Wie wäre es, meine liebe Billa«, schrieb der Vater, »wenn Du nicht immer noch (heimlich) dem Tischtennis nachtrauern, sondern Dir statt dessen ein neues Hobby suchen würdest? Wäre die Gitarre da nicht gut geeignet?«

»Wir hoffen, daß Du viel Freude an diesem Geschenk haben wirst«, schrieb die Mutter. »Der Gitarrenunterricht ist selbstverständlich eingeschlossen. Gleich nach Silvester kannst Du damit anfangen.«

Am nächsten Morgen riefen Billa und Philipp bei Angela an, um »Frohe Weihnachten« zu wünschen.

Angela schien ganz aufgedreht zu sein. »Rate mal, Billa«, schrie sie, »was ich zu Weihnachten bekommen habe!«

»Eine Gitarre!« entfuhr es Billa.

»Woher weißt du das?« rief die aufgeregte Stimme enttäuscht.

»Ich habe auch eine bekommen«, sagte Billa nachdrücklich, erspähte den grinsenden Philipp und legte wortlos den Hörer auf die Gabel. »Wer hat meinen Eltern und Angelas Mutter den Tip mit der Gitarre gegeben?« fragte sie drohend. »Erzähl mir nicht, daß das Zufall ist.«

Gleichmütig zuckte Philipp mit den Achseln. »Es gibt, wie du siehst, eben doch so etwas wie eine Vorsehung.«

»Philipp!« rief Billa wütend. »Sag mir sofort die Wahrheit!«
Lachend lief er davon. »Freust du dich denn jetzt weniger?«
schrie er aus sicherer Entfernung. »Wenn Angela auch eine
Gitarre hat? Zu zweit macht das Üben doch viel mehr Spaß –
außerdem ist Doppelunterricht billiger als Einzelunterricht.«
Billa gab sich zufrieden. Er hatte ja recht. Mit Angela
zusammen würde das Spielen viel mehr Spaß machen. Und
wer die Idee zu diesem Geschenk gehabt hatte, war nun
wirklich egal.

Oh ja, Billa war sehr zufrieden mit sich, mit Philipp, mit allem,
was um sie herum vorging.

Aber sie war sich sehr wohl darüber im klaren, daß diese Zeit
des scheinbaren Glücks, der Sorglosigkeit in zehn Tagen
vorbei sein würde. Zuviel Enttäuschungen hatte sie in den
letzten Monaten erleben müssen, als daß sie sich noch
einbilden könnte, daß jetzt alles, alle Probleme – nur durch
Philipps Hilfe und Beistand – aus der Welt geschafft würden.
Sie wußte, daß noch weitere Enttäuschungen auf sie warteten.
Sie würden nicht Landschulheim oder Tischtennis heißen,
aber Schwierigkeiten brachten auch sie mit sich.

Oft sprach sie mit Philipp darüber, und er versuchte, Billa zu
verstehen, wenn sie aus heiterem Himmel plötzlich in Tränen
ausbrach, wenn sie deprimiert die Tage bis zur Heimkehr
zählte.

»Ich habe Angst, Philipp, richtiggehende Angst«, sagte sie
dann. »Früher habe ich das Wort überhaupt nicht gekannt.
Was soll ich nur tun? Sicher, mit Angela ist alles wieder prima,
ich habe jetzt dich – kann mit dir über alles reden –, aber
geändert hat sich doch eigentlich nichts!«

»Sicher hat sich etwas geändert«, erwiderte er optimistisch.
»Du kannst mit allen Problemen fertigwerden, weil du sie mit
Angela, mit mir oder mit deinen Eltern besprechen kannst.
Deine einzige Reaktion auf alle Enttäuschungen war bisher
immer der Versuch, deine Krankheit aus der Welt zu reden.

Das konntest du nicht, also hast du sie verleugnet. Jetzt siehst du ein, daß das nicht hilft, es im Gegenteil sogar noch schlimmer macht. Diese Erkenntnis wird dir helfen, allen Anfechtungen viel besser entgegenzutreten. Mach es wie früher: lach darüber und zuck mit den Schultern, wenn jemand was von dir will. Zwar mußt du deine Krankheit ernstnehmen, aber überbewerten darfst du sie nicht.«

Philipps Argumente schienen durchaus überzeugend. Nach jedem Gespräch mit ihm war Billa ein bißchen mehr beruhigt und nahm sich fest vor, in Zukunft alles viel, viel besser zu machen. Ob sie es schaffen würde? Zumindest mußte sie sich darum bemühen, das war ihr klar geworden.

Die Eltern und Patrick schrieben begeisterte Karten aus dem Skiurlaub. »Wir haben herrliches Wetter«, hieß es darauf, »der Schnee ist wunderbar! Und das Essen prima!« (Der letzte Satz stammte von Patrick).

Billa lachte. Kein bißchen Neid empfand sie. Sie war froh, daß die Eltern und Patrick trotz der späten Buchung noch eine gute Pension gefunden hatten. Dabei wurde ihr bewußt, daß sie selbst ja noch gar nicht geschrieben hatte. So setzte sie sich schnell hin und schrieb einen Brief an die Eltern und Patrick.

»Liebe Eltern, hallo Patrick!

Zuerst einmal vielen herzlichen Dank für die herrliche Gitarre! Eine größere Freude hättet Ihr mir nicht machen können!

Mir geht's phantastisch. Das könnt Ihr Euch sicher denken, nachdem Ihr noch keine einzige Zeile von mir erhalten habt – das ist bei Eurer Billa ein todsicheres Zeichen dafür, daß es ihr gut geht. (Von Euch kam heute bereits die dritte Karte!) Oh je, hat sich da mein schlechtes Gewissen gerührt. Aber, wie gesagt – mir geht's blendend. Philipps Eltern sind furchtbar nett. Sie tun so, als ob sie mir dankbar sein müßten, daß ich mitgefahren bin – dabei ist es doch gerade umgekehrt. Ich bin auch ehrlich bemüht, mich gut zu benehmen. Das fällt mir jetzt auch ganz leicht.

Ihr wollt bestimmt wissen, was wir so den ganzen Tag treiben. Zu Anfang hatten wir viele Tagesausflüge vor, aber sie alle sind an meinem Diätplan gescheitert. Das ist schon ein bißchen schlimm, aber es geht eben nicht anders. Vormittags gehen wir meist Skifahren. Die beiden ersten Tage war ich allerdings nicht dabei. Ich hatte Hemmungen, Philipp allein zu lassen, der als Bluter nicht skifahren darf. Das wurde mir aber bald zu langweilig. Er hat sich, nachdem seine Eltern weg waren, einfach mit einem Buch in die Ecke verzogen, gelesen und keinen Ton mit mir gesprochen.

War ich sauer!

Philipp aber hat bloß mit den Schultern gezuckt. Bist selbst schuld. Wärst du doch mitgegangen. Wozu hast du denn deine Skier mit?

Ich kann dich doch nicht allein lassen, habe ich geantwortet.

Warum nicht? Dafür darfst du heute abend zuschauen, wenn wir unseren Pudding essen, war seine Erwiderung.

Am nächsten Tag bin ich dann auch tatsächlich mitgegangen. Es war himmlisch!

Den Nachmittag verbringen wir meist ohne die Eltern. Bisher sind wir fast immer ins Hallenbad gegangen. Philipp schwimmt für sein Leben gern, obendrein gehört Schwimmen zu den wenigen Sportarten, die er betreiben kann. Ich habe früher nie gedacht, daß auch mir das Schwimmen soviel Spaß machen könnte. Da war immer nur Tischtennis aktuell.

Wir planen, nach unserer Rückkehr einem Schwimmclub beizutreten. Fändet Ihr das nicht gut? Zum Tischtennis gehe ich sowieso nie mehr.

Nicht aus dem Grund, den Ihr jetzt vielleicht vermutet! Das ist vorbei! Ich habe bloß endlich erkannt, welch blöde Typen da herumspringen.

Angela, die ich gestern angerufen habe (sie will uns übrigens am Wochenende mit Hannes besuchen), erzählte mir, daß sie auch nicht mehr hingehen wolle. Sie war sehr erbost. Wiß Ihr warum?

Sie haben jetzt einen neuen Gesprächsstoff im Club! Philipp! Sie tuscheln und lästern darüber, daß ich jetzt angeblich mit Philipp ›gehe‹. Anscheinend hat man uns in der Stadt gesehen. Sollen sie. Gemein ist nur, daß sie ihn ›Herr Hinkebein‹ nennen.«

Billa hielt inne. Was hatte sie da gerade geschrieben? Sollte sie das nicht lieber wieder streichen?

Aber warum eigentlich? Sie hatte Philipp erzählt, wie er von ihrer ehemaligen Clique genannt wurde. Er hatte bloß gelacht und gesagt: »Wenn du oder Angela mich so nennen würden, Billa – dann wär' ich getroffen. Aber so? Ich weiß schließlich, von wem es kommt!«

Wenn er als der einzig Betroffene so reagierte, konnte sie es auch den Eltern schreiben, zumal sie es ja früher oder später sowieso hören würden.

So schrieb sie weiter.

»Philipp hat bloß gelacht, als ich ihm davon erzählte. Ist er nicht klasse? Ich glaube, ich habe eine ganze Menge von ihm gelernt.

Und das Allerschönste ist, daß er sich mit Angela und Hannes so gut versteht. Wir hoffen beide, daß Angela und Hannes, wenn sie am Wochenende kommen, über Nacht bleiben werden. Das gäbe eine Mordsgaudi.

Und damit Schluß für heute.

Viele liebe Grüße von Eurer begeisterten

Billa.«